U0075296

在地鐵拯救美少女後默默離去的我，成了舉國知名的英雄。

2

水戸前カルヤ
插畫 ひげ猫

Kadokawa Fantastic Novels

第一話 上學

參加完隔宿露營之後，經過一星期，某天早上——

在耀眼的朝陽中，我半垂著眼皮站在車站裡等人。

「呼啊啊啊……超睏的……」

實在睏到不行，我忍不住打了個呵欠。

昨天玩音遊玩得太投入，完全沒有睡飽，大概只睡了三個小時左右。

即使我具有夜行性的一面，三小時睡眠坦白說還是太少了。我現在就想立刻回房間再睡一次。

不過，我跟人約好一起上學了，所以不能這麼做。

就算想睡還是要忍耐，堅持住。

「是說……差不多要來了吧。」

我從褲子的口袋拿出手機確認時間。

從畫面上顯示的時間來看，距離約定見面的時間還有五分鐘。

哦，剩五分鐘的話，應該已經來了吧。

我才剛這麼想……

「小涼！早安！對不起，每次都讓你等我！」

背後傳來了呼喚我的聲音。

我一回頭，就看到一個少女搖曳著亮麗的黑髮，小跳步似的跑了過來。

「嗨，雛海，早安。」

「嗯！早安！」

隔宿露營結束後，我和雛海依然幾乎每天都一起上學。

畢竟在購物中心約會的那天回程路上，我們立下了這個約定。

而且我都決定要一直在背地裡保護她了，必須盡可能待在她身邊才行。

「好，那我們走吧。」

「嗯！」

我和雛海就這樣一起走在通往時乃澤高中的直路上。

可能是最近氣溫上升的緣故，光是走路就會開始流汗。春天的舒適暖意消失，取而代之的是日益增加的潮濕暑氣。

入學典禮時，這條直路放眼望去都是盛開的櫻花樹，但那樣的絢麗美景如今消失得無影無蹤。

已經要進入夏天了啊。時間過得真快。

「最近變得有點熱呢，小涼。」

雛海這麼說道，幾滴汗緩緩從她額頭上滑落。

大概是熱到受不了，她還抓著制服的衣領搧了搧風。

「的確是變熱了，我也流了一些汗。」

「感覺時間一下子就過去了呢！再過不久就是運動會了。」

「就是說啊～嗯？運動會？」

聽到她這麼說，我不禁回問。

「嗯，再過三個星期就是運動會唷！今天放學後應該會選出各種事務的負責人！」

「這、這樣啊，原來運動會是在這個時期舉辦的。」

糟糕，我把運動會的事情忘得一乾二淨了，完全沒在腦袋裡。

上高中的同時再度遇見雛海，接著又發生許多事，我壓根忽略了運動會的存在。

隔宿露營結束後，緊接著就是運動會啊。看來在暑假來臨之前的這段期間會過得很愉快。

「這是升上高中後第一次參加運動會，我超緊張的。不過今年跟友里和古古同班，感覺會留下很多美好的回憶呢！」

「妳們之前都沒有同班過吧？」

「嗯，而且運動會都是在不同組別，所以我這次非常期待喔！」

雛海眼中燃起熊熊火光，像是要反過來把這股潮濕的暑氣吞噬殆盡一般。

雛海、友里和古井同學這三人都是令人驚豔的美少女。

她們三個人一直很要好，但其實升上高中才被分到同一班，也就是今年之後。

班級不同，要在學校活動中一起玩耍當然也會比較困難。畢竟運動會和文化祭這類活動基本上都是以班級為單位來進行。

雖然也可以跟其他班級同樂，不過能夠在一起的時間實在很少。

所以對雛海來說，能跟好朋友同班也讓今年的運動會多了一些特別的意義。

「今年可以不用管競爭關係，盡情創造美好的回憶！我要拍很多照片，對競技全力以赴，也要拚命為大家加油，努力拿下優勝，啊！還有呀——」

「喂喂喂，妳也太拚了吧……雖然是件好事啦。」

「會、會嗎？但我真的很高興能跟友里和古古創造運動會的美好回憶嘛！」

如同這番話，雛海是個很博愛的好人。

成績優秀，品行端正。

還被網友們取了「千年一遇的美少女」這個稱號。

儘管如此，她並不會亂擺架子，對任何人都很溫柔。

這或許是身為一個沒有異性緣的男生所抱持的偏見，長得愈漂亮的女生，愈可能藏著不為人知的一面；但雛海沒有。

她表裡如一，而且很為別人著想。反而是太過善良，有時候會讓自己陷入痛苦之中。

雛海真的是個很好的人。

「既然這樣，妳可別留下遺憾喔。」

「嗯！啊，不過，小涼是我們的一分子唷！我也想跟你一起創造回憶嘛！」

「……咦，我也要？」

我的腦袋來不及消化雛海這番話，幾秒間無法理解她的意思。

是、是我聽錯了嗎？絕對是吧？

「像我這種人應該不能跟妳們一起吧？」

我納悶地反問後，雛海就朝我露出燦爛又美麗的笑容。

「不要這樣說自己啦！你也跟我們一起快樂地享受運動會吧！」

「讓我介入妳們三人之間真的沒問題嗎？」

「完全沒問題呀！不如說你在的話，我會更開心！運動會要玩得盡興喔！」

即使面對我這種消極的問題，雛海也絲毫沒有感到介意的模樣，臉上依舊帶著剛才的笑容。

天、天啊～她果然是天使……

竟然邀請我這種人加入她們的圈子，雛海真的心地很善良。

儘管入學後已經過了一段時間，我仍然沒有交到男性朋友。

早上跟雛海並肩上學，在教室也總是跟三個女生待在一起。而且班上為數不多的男同學因為社團活動的關係，放學時間跟隸屬回家社的我錯開了。

也就是說，明明是男女合校，我過著正常的學校生活卻莫名交不到男性朋友。

該說這樣很不幸，還是該慶幸可以跟女孩子相處得這麼融洽呢？

我的內心得不出這個問題的答案。

不過，多虧有雛海在身邊，我總歸是沒有落得孤單一人的下場。

光就這一點，我應該要好好感謝她。

「謝啦，雛海。我很高興能聽到妳這麼說。」

「不會，反而該謝謝你願意陪我。一起創造很多美好的回憶吧！」

「說得對，可不能留下遺憾。」

「嗯，我得卯足全力，想辦法加深跟小涼的關係才行。」

「……咦？跟我的關係？什麼意思？」

我忍不住回問。

緊接著，雛海的頭頂冒出白煙，散發出劇烈的熱能。

隨著時間過去，熱能逐漸升溫，幾乎足以讓水蒸發。簡直像是置身在熱風猛吹的桑拿中一樣。

「剛、剛、剛、剛、剛才是我口誤啦！我、我是想要加深友誼，沒、沒、沒、沒有其他意思！真、真的只是這樣而已！」

雛海拚命地胡亂揮動雙手，眼睛也不規則地四處游移不定。

但坦白說，她散發的熱風導致我聽不進一字一句。高溫太令人在意，沒辦法集中精神。

要是再談這件事，這一帶鐵定會被燒成焦土，我也絕對會被燒死。

稍微轉移一下話題吧，不然我會有生命危險……

「我、我知道了！我知道了啦！啊，對了！運動會結束後有什麼活動嗎？」

「咦？活動？」

她原本通紅無比的臉龐忽然恢復如常，那股熱浪瞬間消失。

太、太好了。幸虧有轉移話題，她情緒總算是平復了。

如果照剛才那樣下去，不曉得我究竟會變成什麼模樣？

「通常不是都會舉辦後夜祭嗎？跳個舞之類的。」

「後夜祭嗎……我不太清楚高中的運動會，但應該沒有那種活動才對。」

「這樣啊，我還以為有呢。」

看動畫都會舉辦後夜祭那樣的活動，所以我還想說這間學校也有。

畢竟前身是貴族女校，運動會結束後就讓學生直接回家也很正常。

我本來很期待會有充滿高中生青春氣息的活動，這令人有些遺憾。不過既然沒有，那也沒辦法。

「雖然沒有後夜祭那類活動滿空虛的，但就好好跟大家一起享受運動會吧。」

「嗯！就是說呀！人數比國中的時候還要多，一定會很好玩的！」

我和雛海彼此都揚起嘴角，注視著對方。

運動會好像有點值得期待了。

正當我如此心想之際——

「涼～早安呀～！」

背後突然傳來呼喚我的聲音，下一刻就有人猛力從後方緊緊抱住了我。

話、話說這個聲音……

「是友里嗎？」

「答對了～！嚇到你了嗎？」

我的視線移向後方，就看到惡作劇得逞的友里正在竊笑。

由於她是從背後緊抱住我，胸部便用力抵在我的背上，伴隨而來的柔軟觸感刺激著我的理性。

「喂……喂！這樣真的會嚇到人耶！對心臟太不好了啦！」

「哎呀～對不起嘛～因為我看到你們兩個走在一起呀～就想要捉弄一下。」

友里放開我，竊笑著吐了吐舌頭。

竟然沒有反省的打算……算了，不跟她計較。

「早安呀，雛海！」

「早安，友里。」

互相打過招呼後，友里就這樣走在我旁邊。

「話說～今天第一節課是體育課，心情好輕鬆喔～我超期待打排球的～」

「的確，坦白說我很慶幸第一節課是體育課，畢竟今天沒睡飽啊～要是國語的話，我絕對會睡死。」

「啊哈哈！你該不會是太沉迷音遊了吧？最近開始排名戰了，一不小心就會玩到忘我呢～」

「身為一個音遊迷，當然不能忽視這次的排名戰啊。拚了命也要留下好成績！」

「哇喔，很熱血耶～那我也加油吧！」

友里燃起鬥志後，雛海開口了。

「欸，友里，妳平常都是跟古古一起上學，今天怎麼一個人呢？」

雛海說得沒錯，我經常看見友里和古井同學一起走進教室。沒記錯的話，她們好像搭同一班電車吧？

想到這一點，古井同學不在是有點奇怪。

「哦～小古井今天是值日生呀～她比平常還要早去學校～所以今天就剩我自己一個人嘍～」

啊，原來如此。因為有值日生的工作，今天才會分開來上學啊。

「我反而想問一下，雛海和涼平常都一起上學嗎？」

「「……咦？」」

聽到友里的問題，我和雛海同時發出聲音。

這、這很難回答耶。

要是老實地回答「對，沒錯」，豈不像是情侶一樣嗎？

該怎麼回答才好？

正當我陷入思索之際……

「聽、聽、聽聽聽我說！這、這、這、這、這、這是因為！那個！呃！」

那股熱浪再度以雛海為中心散發出來了。

好燙！真的很燙耶！這次是燙到足以燒毀整片森林的熱度啊！

看來她是回答不出來，於是整個人就過熱了。

簡直就像是機器人嘛。她其實是高性能人型機器人吧！

我現在必須巧妙地糊弄過去，拐彎抹角地找些說詞，否則不只是我，連友里都會化為灰燼的。

「剛、剛好同時到車站啦，然後就一起去學校了。只是這樣而已。」

很好，回答得真不錯。我們只是到站時間一樣才會一起去學校。

賦予這樣的印象，就不會產生胡亂的臆測了吧。

儘管我是這麼想的，但實際上則不然。

「是喔～這樣啊，原來如此～」

映入我眼中的，是友里不知為何賊賊地笑著的表情。

咦，那是什麼笑容？怎麼回事？

「那從明天起，我可以跟你們一起上學嗎？當然也包括小古井喔。我想多跟涼聊天嘛～

像是音遊啊，還有其他許多話題！」

聽到友里這番話，我不禁感到語塞。在經過隔宿露營之後，我和友里的距離似乎縮短了不少。

我們變得很常聊私事，有時候還會講電話講到深夜。除此之外，像剛才那樣的肢體接觸也變多了。

對友里來說，我是同好，這點程度的交流或許很正常。

但是，該怎麼說才好，我最近開始覺得……

她心中是不是參雜著一點其他感情？

難道說……

「——涼。涼你真是的，有在聽嗎？」

「咦？啊，抱歉。我想了一下其他事情。」

在我陷入沉思之際，友里猛然湊過來，一臉疑惑地凝視著我。

隨著她那漂亮的肌膚映入眼簾，一股好聞的香水味飄入鼻間。

不是，臉太近了，距離太近了！

凝視一會兒後，友里可能是察覺到我在想什麼了，便像是推理劇中發現犯人的圈套那樣，開始闡述自己的想法。

「啊～！你是不是在想什麼不正經的事情？」

「怎麼可能啦！」

完全不是好嗎！誰會一大早就在想那種事情啊？

「你不用掩飾啦～男孩子嘛，這也沒辦法呀～啊，話題別扯遠了！我們可以跟你們一起上學嗎？」

「我完全沒問題啊，大家一起會更開心。雛海妳也這麼覺得吧？」

「呃，嗯！一起上學吧，友里！」

雛海立刻點點頭，揚起滿面笑容。

「謝謝妳～雛海！那從明天起，大家就一起上學吧！」

友里就這樣用力抓住我的手臂，接著——

「從明天開始也要多跟我聊天喔，涼！」

她在我耳邊悄聲說道。

感受到友里的吐息和體溫，我的心跳一口氣加速，體內還因此慢慢地熱起來。

美少女對自己做出這種事情，誰都不可能保持平心靜氣。

我對友里的行為感到不知所措的同時，眼神瞥向走在身旁的雛海。

只見她一副垂頭喪氣的模樣，彷彿一朵枯萎的花，散發著些許陰鬱的氛圍。

到底是怎麼回事？剛才的活力跑到哪裡去了？

在晨光照耀的上學路上，將我夾在中間的兩個少女表現出完全相反的反應。

一方的心情神采飛揚，另一方則面露些許遺憾的神色。

怎麼會是相反的兩樣情……

在那之後，友里一直開心地說個不停，很少將注意力放在雛海身上。

只有我將雛海的細微變化看在眼裡。

第二話 排球

跟雛海她們一起來到學校，過了一會兒後，開始上體育課了。

今天的課程內容是排球。男女混隊進行比賽，以隊伍的勝利次數來競爭。

因此，目前正分成兩人一組做熱身運動……

直截了當地說，我感覺自己在比賽開始之前就會死掉。再這樣下去，可能會一命歸天……

原因非常簡單，因為……

「等、等一下，古井同學！超級痛的耶！髖關節會死啦！」

「嗯？你在說什麼？髖關節伸展操就是要做到痛死的程度才是最好的。好了，不要講喪氣話，咬緊牙關忍住，然後乖乖受死吧。」

「哪來這種伸展操啦？根本是謀殺吧？」

如各位所見，我跟重度虐待狂王女古井同學一組了。

我本來打算隨便找人一組，但古井同學主動來邀我。

彷彿不准我逃跑似的，她猛力抓住我的肩膀，臉上浮現令人毛骨悚然的笑容，說：「你會跟我一起做吧？」

聽到這句話，我就領悟了一切。啊，這下我是插翅難飛了。

我沒能逃跑，被古井同學抓住之後，在熱身運動中性命受到威脅。

順道一提，現在做的是髖關節伸展操。

就是坐在地上，大幅度張開雙腿，胸部向前傾的運動。

我的身體沒有柔軟到哪裡去，胸部沒辦法緊貼著地面，然而——

「好了～雙腿再打開一點，上半身要貼在地上。就像這樣。」

古井同學開始用赤腳踩我的後腦杓。

那腳後跟使勁壓在我的後腦杓上轉動。

好痛！真的很痛耶！是說，能不能別用腳踩別人的腦袋啊？

「古、古井同學？妳別踩我的頭，從後背幫忙推我一把好嗎？而且不要用腳，用雙手啦！超級痛的耶！」

被蘿莉&重度虐待狂這麼對待，只有一部分的人才會開心啦。

我沒有那種變態嗜好，能不能不要這樣對我？

「這不是最恰到好處的力道嗎？這點程度就大呼小叫，代表你還缺乏鍛鍊。好，我要稍微再用力一點嘍。」

這時，古井同學又加強了腳部的力量。

好、好痛！腦袋和髖關節同時痛起來了啊！

這個重度虐待狂————！

「哦，你現在對我燃起了反抗心吧？一個奴隸還敢這麼狂妄，是不是得懲罰你一下呢？」

「咦？為什麼妳知道我剛才在想什麼啊？」

「當然知道呀，我好歹是奴隸的主人嘛。」

「我們什麼時候締結奴隸契約了啊？」

「從你出生那一天開始。」

「我一生下來就變成了妳的奴隸？」

「你有點吵呢，還有餘裕講這麼多話，看來再用力一點也沒問題嘍？」

聽到這句話，我的身體一口氣冒出冷汗，同時顫抖了起來。

「那、那個……妳就饒了——好痛痛痛痛痛！古井同學妳太用力了啦！」

古井同學使出前所未有的最強力勁，狠狠踩起我的後腦杓。

來自外部的壓力，強行將我那僵硬的身體往地板按下去。

隨著胸部與地板的距離縮短，髖關節發出哀號。
看到我忍受著劇痛的模樣，古井同學她……
「哼！」
用鼻子笑了。
混帳！感覺好不甘心啊！
「記住，對我而言，伸展操實際上就是調教。」
「太扯了吧！一般人哪會那麼認為啊！誰來救救我啊啊啊啊啊！」
其他組都和樂融融地做著伸展操。
「不要啊啊啊啊啊！」
只有我在接受古井同學的調教……

◇◇◇◇

與古井同學的死亡伸展操結束後，終於要開始打排球了。
第一場比賽是我和雛海的隊伍對上古井同學和友里的隊伍。
一般來說應該都會男女分開來組隊。但是，時乃澤高中原本是貴族女校，今年才剛改制成男女合校而已。

一個班級的男生人數只有少少五人。

本來似乎是打算招攬更多男生入學，但即使變成男女合校，女生的報考人數還是壓倒性地多。

所以在男生不足的情況下，就會跟女生同一隊。

我在隊伍裡擔任自由球員；雛海則是攻擊手，負責處理敵隊打過來的球，由她來扣球。

另一方面，敵隊的古井同學跟我一樣是自由球員，友里則是攻擊手。

古井同學很會處理球，友里的扣球也相當強勁。

她們兩人聯手出擊，導致我們失了不少分。

相對之下，雛海的扣球也很凌厲，不亞於友里，幫我們賺了很多分。

比賽的走勢以雛海、友里和古井同學為中心發展下去。

沒想到那個美少女三人組不只是念書，連運動都很擅長。

能力到底有多強啊？

「那我要發球了。」

古井同學從球場的另一端發球。

球飛到我們場地的瞬間——

「小涼！來嘍！」

「包在我身上！」

我倏地蹲下來，全神貫注地準備接球。

砰！

球擊中我的手臂，響亮的聲音環繞著球場。

我處理的球漂亮地往舉球員的位置落下。

舉球員就這樣往右側托球。然後雛海——

「看我的！」

她用右手強力地擊球，完成扣球的動作。

由於雛海是以完美的跳姿穩穩地擊中球的中心，威力和速度都達到了熟練者的等級。

沒有人能夠及時對雛海的扣球做出反應，我們獲得一分。

順利得分，雛海忍不住嘻嘻一笑，並帶著滿面的笑容跑到我身邊。

「太好了呢！小涼，我成功了！」

「真是漂亮的扣球！那種球誰都接不住的。」

「沒有啦，是你把球處理得很好，才能夠製造機會呀。」

「畢竟拿下分數的是妳，對自己更有自信一點吧？」

「是、是嗎？這都要多虧小涼喔。」

雛海謙虛地說著，臉頰上倒是泛起了淡淡的紅暈。

面對這樣的她，隔著球網也能感受到友里燃起滿腔熱血。

「哎呀～很厲害嘛～雛海。但下次可不會讓妳輕易拿分嘍！」

玩音遊的時候也是，友里真的是個好勝心很強的人。在她獲勝之前不會放棄較勁。不過，這也是她的優點就是了。

「好～！重振心情，再接再厲吧，大家！」

友里鼓勵著隊友，為下一局做好準備。

我們也不能大意。友里的扣球相當厲害，一旦鬆懈，馬上就會被逆轉。

「好，那我們也要繼續努力，別輕忽大意了。」

在我喊聲過後，比賽繼續進行下去，由我們這隊發球。

我們這隊發出去的球，被古井同學精準地接到了。她猛地屈膝蹲下，以漂亮的姿勢接到球。

球在空中劃出半圓的弧度，往舉球員飛過去。舉球員接到那顆球，高高地將球往天花板托上去。

「太棒了、太棒了！」

友里配合球落下的速度助跑起來。

接著，她猛力一跳，地板發出吱嘎聲響。

「準備接招嘍～涼！」

「知道了，快來吧！我絕對不會掉球的！」

在友里即將扣球的前一刻，我和燃著熊熊鬥志的她對上視線。只要看一眼，就能清楚感受到她不會有絲毫放水，是認真地準備拿下分數。

好，來吧！友里！

雖然熱血在胸中沸騰……

我卻在這時候目睹衝擊力十足的景象。

友里朝著天花板猛力跳到半空中。

她身上的運動服微微掀了起來，看得見她的肚子。

緊實健美的腹部和肚臍映入了我這個正值青春期的男高中生眼中。

偶然間看到不該看的東西所產生的興奮感，導致我的腦袋不由自主地將注意力放在那上面。

壓根忘了友里的強力扣球即將到來。

慘、慘了，這股興奮感是怎麼回事！

一瞬間的福利畫面，令我不禁失了神。

「小、小涼！球要來嘍！」

聽到這聲呼喚，我才終於回神。

然而，為時已晚。

雛海的嗓音傳到我耳畔的同時……友里的扣球直接擊中我的臉。

啪——！

一聲脆響環繞著整棟體育館。

我的身體沒有承受住這道強勁的威力，失去平衡倒在地上。

「好痛！」

倒下之際，後腦杓用力撞在地板上。

……

太、太丟臉了……

這就是被露出來的肚臍吸引走目光的下場嗎？

不過，一般男高中生都會忍不住看入迷吧？

這不能怪我吧？畢竟對方可是那個友里耶。

能夠無視那麼漂亮的美少女露出肚臍，專心在比賽上還比較奇怪。

「小、小涼你沒事吧？」

正當我忍不住為自己找藉口時，雛海就擔心地跑過來找我。

「涼！沒事吧？對不起，我瞄準的地方好像錯了。真的很抱歉！」

緊接在雛海之後，友里也鑽過球網跑了過來。

身為扣球的肇事者，友里大概感到很歉疚，臉色蒼白無比。

糟糕，明明是我失誤，卻無端給人家添了麻煩。

「我、我沒事啦，只是分心了一下而已。這不是友里的錯，放心吧。我真的沒事。」

我搖搖晃晃地站起身。

後腦杓和鼻子一帶有股受到強勁力量壓迫的刺痛感。

這一擊真的很痛啊。

「好了啦，別管我了，繼續比賽吧。」

就在我說出這句話之後——

滴答……滴答。

我的腳邊響起水滴落下的聲音。與此同時，我也感覺到鼻子似乎流出了液體。

咦？這是……

「小、小涼！你、你流鼻血了！」

「嗚哇～！這下嚴重了，得趕緊去保健室才行。」

聽到雛海和友里這麼說，我便摸一下鼻子，然後手上就沾到了血。

嗚哇，我好久沒有流鼻血了。先用右手按住吧。

這、這沒有其他原因吧，應該就是球打到我的臉才會流鼻血。

絕對不是因為想著色色的事情才流的吧！

「真的很抱歉，都是我害的……」

看到我受傷，友里一口氣萎靡下來。

「就說沒事了啦，這又不能怪妳。保健室我自己去就好，大家繼續比賽吧。」

說完，我準備獨自前往保健室。

「我跟你一起去！」

這時，友里緊跟在我後面，凝視著我的眼睛。

「不用了，我真的沒事啦。是我自己失誤才變成這樣的。」

「可是，打到人就要負起照顧對方的責任。而且你的頭也被打到了，有人陪在身邊比較安心吧？」

「沒、沒關係啦，我真的——」

「不～行！我要陪你去，知道了嗎？」

「……好、好吧，那就麻煩妳了。」

到頭來，我拗不過堅持要負責的友里，便兩人一起前往保健室了。

我實在沒想到被露出來的肚臍占據心神會有這樣的後果。

◇◇◇◇

離開體育館後，經過幾分鐘，我和友里來到保健室門前。

友里打開拉門。

「打擾了，我是一年A班的佐佐波友里。我的同學……咦，沒人在嗎？」

友里探頭看向保健室內，我也跟在後面伸出頭看了看裡面。

只見室內沒有人在，一片寂靜。

雖然試著喊了幾次老師，但毫無反應。可能有事外出了吧。

「哎呀～運氣真不好～都來到這裡了，老師竟然不在啊～不過，在老師回來之前，先簡單處理一下吧。」

「也對，只是乾等也很浪費時間。」

我和友里踏進沒有人的保健室，開始對傷口做簡單的處理。

首先在保健室的洗手台把鼻子周圍的血沖洗乾淨。

我照了一下洗手台的鏡子，雖然還有一點紅，但沒有流血了。

謝天謝地，這樣就不用在鼻子裡塞衛生紙了。如果是小學生還說得過去，都已經是高中生了，我才不想在鼻子裡塞衛生紙。

「哦，血好像止住了呢～太好了～」

身旁的友里看到我的臉後，似乎鬆了一口氣。

「妳不用太過責怪自己啦。追根究柢，是我自己亂看其他地方造成的。」

「不是～就算這樣，我還是會覺得很抱歉嘛～不過真的太好了！」

友里這麼說完，露出太陽一般明亮耀眼的笑容。

唔……真是的，很可愛耶。

我無法直視友里不經意展露的笑容，稍微移開了視線。

「那接著用冰袋來冰敷後腦杓吧！腦部受傷真的很可怕，得好好冰敷才行。」

「說、說得也是。」

於是，我們開始尋找用來冰敷後腦杓的冰袋……

但完全找不到。不管怎麼找，就是找不出來。

雖然前前後後找了將近五分鐘，卻始終連一點線索都沒有。

到底放在哪裡啊……

我和友里放棄尋找後，決定先坐在保健室的床上，無所事事地等待老師回來。

然而，最重要的老師遲遲不回來。我們已經等了十分鐘，老師卻沒有回來的跡象。

「找不到冰袋，老師也一直不回來。好閒喔～涼同學。」

「就是說啊，友里同學。」

「真的好閒喔，等了老師十分鐘左右還是等不到人，真的好閒喔～」

「是啊。話說，等一下！這種對話是不是之前也在哪裡出現過啊？」

因為太閒了，沒有事情可做，就不斷持續著很蠢的對話。前陣子也有過這種發展吧？沒記錯的話，是做圖書委員的工作那時候嗎？

「可是～真的很閒嘛～」

「這點程度而已，只能忍忍了。啊，但接下來我一個人等就好，妳可以回體育館了。比起我，還是以上課為優先吧。」

「唔～！我怎麼可能把上課看得比你還重要啊！」

友里生氣地鼓起臉頰，然後湊近臉龐，目不轉睛地盯著我。

不不不，這樣太近了啦！兩人獨處的情況下靠這麼近很危險耶！

「反、反正老師大概晚點就來了，妳不用擔心我啦。」

「不～行！要是在老師來之前，你的身體狀況惡化怎麼辦？我會好好照顧你的，你就放心吧。」

「可、可是……」

「別再可是了～啊！那在老師來之前，我們聊個戀愛話題打發時間吧！畢竟我對你的感情生活也很好奇。而且這種事在兩人獨處的時候比較好聊呀～」

「怎麼突然就要聊戀愛話題……我不是現充，沒什麼好說的喔。」

「沒關係、沒關係！我想知道你喜歡什麼樣的類型，說說你國中時喜歡過誰吧！」

我本來沒打算聊自己的感情生活，但敵不過友里的熱情，最後就決定聊戀愛話題聊到老師來為止。

雖然我其實意興闌珊，但既然友里很想聊，我就陪她聊聊吧。

「那麼，第一個問題，把你喜歡的類型告訴我吧！我還滿好奇的呢～」

「我喜歡的類型啊～以前沒有仔細思考過這件事，不過保險一點來說，就是笑起來很好看的人吧。另外長頭髮我也喜歡。」

「這、這樣啊……那明天開始得展現更多笑容才行呢。我頭髮很長，應該沒問題。太棒了！」

我說完，友里就在旁邊小小地擺出握拳的勝利姿勢。

奇、奇怪了？為什麼友里有點開心呢？

「那第二個問題，說說你國中時的感情生活吧！我想要多了解你談過的戀愛～」

「是、是可以啦，但沒什麼特別的啊。我因為眼神很凶，女生都不太敢靠近我，也沒有跟任何人交往過喔。」

「咦～真的嗎？你沒有說謊吧？」

「說謊有什麼好處……」

「嗯～這樣喔。不過我有點意外耶～在我擅自的想像中，你國中時應該還滿受歡迎的～」

「那是什麼想像啊？我可是戀愛絕緣體耶，以前都默默生活在距離現充很遙遠的角落。」

「真～是出乎意料呢～好吧！我可以問下一個問題嗎？」

「竟然還有啊……」

「嗯！這個問題跟隔宿露營時的事情有關。」

「好，隔宿露營怎麼了？」

「……試膽大會的時候，我不是親了你的臉頰嗎……那是你第一次被女孩子親嗎？」

「咦？」

聽到友里這個衝擊力十足的問題，我說不出話來。

片刻之間，我和友里沒有任何對話，只聽得到時鐘的時針轉動的聲音。

咦？慢著，這是怎麼一回事？為什麼友里會突然問這種問題？

而且，不曉得是不是因為害羞，她的臉好像變得比剛才還要紅……

她還覷了我好幾眼，正在觀察我的反應。

到、到底是出於什麼目的問我這個問題的啊啊啊啊啊？

我完全猜不透！友里此時此刻在想什麼？

「那、那個……回答我嘛，涼。」

短暫沉默後，友里終於開口了，只是她卻突然拉近距離，身體緊挨過來，彼此的肩膀碰在一起。

友里緩緩地，並且靜靜地將重心放在肩膀上，就這樣輕輕靠著我。

香水的甜甜香氣刺激著我的理性。

「那、那是第一次啊。友里是第一個。」

「這、這樣啊，耶嘿嘿，有點開心呢。所、所以你覺得怎麼樣？有、有開心嗎？」

「很、很開心啊，但稍微嚇了一跳就是了。」

現在回想起來，我依然會感到些許害臊。畢竟那是第一次有女孩子親我，不可能什麼感覺都沒有。

不過，很開心也是事實。

被友里這樣的女孩子親臉頰，任何男生都會開心的。

「謝謝你，涼。因為我覺得對象是涼的話，獻出重要的初吻也沒關係。」

「咦？那是妳的初吻嗎？」

「對、對呀。涼跟其他男生不同，是非常特別的人，所以……」

說到這裡，友里停頓了一下。

接著，她面紅耳赤地用堅定的眼神注視著我，這麼說道：

「如、如果你想要繼續，我沒問題……」

這一瞬間，彷彿一道雷打在身上，巨大的衝擊竄遍全身上下。

由於太過震撼，我的腦袋有幾秒一片空白。

這、這是騙人的吧……我沒聽錯的話，她是要在這個只有我們兩人的空間，繼續做接下來的事情嗎？

不不不！這是什麼發展啊！再說，為什麼只有我是特別的？因為我們是小時候的玩伴嗎？

還是說，難道她……

「友、友里……那個……我可以問個問題嗎？」

「咦？可、可以呀。」

「友、友里妳是不是對我——」

我的話才說到一半……

「小涼、友里？你們還在保健室裡嗎？」

這時，隨著呼喚我們的聲音，保健室的拉門打開了。

奇、奇怪？這個聲音該不會是——！

我往拉門看過去，便看到雛海靜靜地探頭看著保健室裡面。

和友里處於緊貼狀態的我對上了雛海的視線。相互凝視幾秒後，雛海看向我身旁的友里。

沒有人的保健室內，正值青春期的男女依偎著彼此坐在床上。

目睹這幅情景後，雛海她……

嘴巴微微張開，一臉茫然的模樣。彷彿靈魂出竅一般，一口氣失去了生氣。

這、這下糟了……

她絕對是誤會了啊！

「冷、冷靜點，雛海！我們什麼都沒做！只是在等保健室老師而已！什麼都沒做！」

我連忙試圖解除誤會。

但雛海的身體突然像沙漏一樣不斷崩解下落。如果有一陣風吹來，可能瞬間就會把她給吹走。

不妙！照這個態勢，雛海在各方面都很危險！再不做點什麼的話，她的靈魂就要消失不見了啊！

我感受到危機，友里似乎也是同樣的想法，她開始解釋道：

「不是的，雛海！就跟妳說是誤會了！我們找不到冰袋，只能等保健室老師回來啊！在老師回來之前，我們純粹是在閒聊而已！」

「真、真的嗎……？」

聽到雛海這麼問，我和友里默契十足地點了點頭。

於是，身體險些化成沙堆的雛海恢復原狀，表情也一舉開朗了起來。

她恢復以往神采飛揚的模樣，看不出來剛才身體差一點就變成沙子。

「真是的，不要嚇我啦！我探頭看保健室的時候，發現友里和小涼緊靠著彼此坐在床上，害我都講不出話來了！」

「真、真的很抱歉，我們只是閒聊了一下而已。」

謝天謝地，這樣就不會招來沒必要的誤解了。

咦？不過雛海怎麼會在這裡？體育課應該還沒結束吧……

我詢問本人後，她這麼答道：

「因為你們兩個一直沒回來，我就過來看看情況！我們的隊伍正在休息，我就偷偷溜出來了！」

哦，原來如此。她是擔心才特地跑來保健室的啊。

的確，我們來保健室之後，經過了不少時間。

「好了，友里，雛海都擔心得特地過來一趟，妳也差不多該回去了吧？不用顧慮我。」

我立刻看向坐在旁邊的友里。

而她則一臉無奈的模樣，靜靜地站起身。

「既然雛海都在擔心了，我就回去吧～涼你真的不用人陪嗎？」

「不用啦，我的傷又沒有多重。」

「這樣啊，好吧。那我和雛海就回去嘍！」

「嗯，雛海，抱歉讓妳擔心了。」

「沒關係，小涼你別放在心上。要確實檢查頭上的傷喔。」

「知道了。」

我說完，雛海和友里就離開保健室了。

保健室恢復寧靜，確認她們兩人的腳步聲走遠後，我在床上躺下來。
雖然後腦杓還有一點痛，但冰敷過應該就沒事了。

第三話 命定的邂逅

與小涼道別後，我和友里走向體育館。

一邊走著，我一邊回想剛才的情景，也就是友里和小涼緊靠著彼此的樣子。

我知道友里在經過隔宿露營之後，喜歡上了小涼。

今天上學的時候也是，友里很直接地拉近與小涼的距離。

相較之下，我老是在害羞。

感覺一點進展也沒有。

雖然每天早上都一起上學，但從明天開始，友里和古古也會加入，幾乎沒有能夠兩人獨處的時間。

為什麼我沒辦法發動攻勢呢？

「嗯？雛海妳怎麼啦？」

當我陷入沉思之際，友里就擔心地從旁邊探頭看我的臉。

「咦？啊，沒有，我沒事。只是想了一下事情而已。」

「是嗎～好難得看到妳有心事耶～啊，難道是戀愛煩惱嗎？」

「咦？完、完全不是啦！我、我才不是在煩惱戀愛的事情……」

「啊！妳剛才撇開臉嘍～看來是被我說中了吧～？」

我連忙撇開臉，但友里還是不放過我，進一步追問著。

光是聽到聲音，我就大概猜得到友里正露出小惡魔般的壞笑。

「有什麼關係～雛海，告訴我嘛～」

友里說完，用雙手抓住我的肩膀使勁搖晃。

「雛～海！我們可是好朋友耶，如果有話想說，那就儘管說出來啊～！妳有煩惱可以找我商量，我會盡自己所能，全力幫助妳的！」

要是聽到這番話還是閉口不談，這樣或許反而對友里很失禮，

沒錯，我們從國中時就是好朋友了。

必須坦白說出自己的想法才行！

「那、那個……我有一件事想問妳，可以嗎？」

「哦！原來是有事情想問我啊！不過沒問題，妳儘管問吧！」

「謝謝妳，友里。」

停頓一下後，我向友里拋出了心中的疑問。

「最近……妳和小涼看起來感情非常好，應該是隔宿露營發生了什麼事吧。妳能不能……老實告訴我呢？」

「果然在別人眼中很明顯啊～耶嘿嘿～可是我有一點害羞耶～」

友里瞬間勾起嘴角，並撓著後腦杓，露出羞澀的表情。

她臉龐微微泛紅，我大致看得出她現在雖然很害羞，但也充滿了喜悅。

「也是啦～這會令人有點好奇吧。不過妳是我的好朋友，我就告訴妳吧。不可以跟其他人講喔。」

友里繼續說道。

「其實呢……我和涼小時候曾經一起玩耍過一陣子。當時我差點被捲進車禍，是涼救了我。」

「咦？發生過那種事嗎？」

「嗯，但因為這樣，反而害涼被車撞了。後來，我就沒能見到涼了。我一直很想道歉，也很想跟他見面，但還是沒能見到。」

「竟、竟然有這麼悲傷的一段過去……」

「但不是只有傷心事喔。當我以為彼此不可能再見面時，就在隔宿露營中得知涼就是當年拯救我的男孩。所謂的命運，真的存在呢。」

友里和小涼。知道這兩個人的過去之後……

我沒辦法再繼續說下去。真的什麼話都說不出來。

我也喜歡小涼。

然而，那是因為小涼為人善良又很帥氣，而且不知道為什麼，我在他身上看見了當時拯救我的男學生的影子。

但友里不一樣。

她是跨越悲慘的過去，才能像現在這樣與他重逢。

她成功再次見到他。

比起我，友里更像是命定的邂逅。

終於與一直想見面的人相遇，上同一間高中，一起創造許多回憶。

我介入他們兩人之間……

是可以的嗎……

在隔宿露營時，小涼曾經鼓勵過我，給我追求愛情的勇氣。

但、但是——

友里和小涼好不容易才像命中注定一樣再次相見，我能因為自己的單相思而去阻撓他們的感情嗎？

「原、原來是這樣呀……根本是命定的重逢呢。」

「謝謝妳，雛海。我真的很感謝神明喔～」

在這句話之後，我們沉默地走了一段路。接著，差不多要抵達體育館之際——

我停住腳步，最後問道：

「友、友里妳……喜歡小涼嗎？」

「嗯！超喜歡的！」

聽到我的問題，友里泛起滿面笑容，如此回答。

嗯，我就知道。

經過這種命中注定似的重逢，不喜歡上對方還比較奇怪。比起我，友里跟小涼更登對。

我從小涼身上獲得了談戀愛的勇氣。

讓我認同自己也有談戀愛的資格。

但就算是這樣，相較於我，友里和小涼之間的連結似乎更緊密……

這一天，我的內心大為動搖，友里的一席話在腦中揮之不去。

第四話　運動會

體育課結束後，今天最後一堂課——綜合課開始了。

華老師站在黑板前，開口說：

「好，各位同學，大家期盼已久的那個活動即將到來！今天要進行相關說明，並且分配工作！」

她就這樣開始在黑板上寫字。至於老師寫了什麼，那就是——

「運動會」。

沒錯，再過三個星期就要舉辦運動會了。

我國中時也參加過運動會，但高中似乎會更加熱鬧。畢竟人數很多，是最適合揮灑青春的活動。

要是不一起共襄盛舉，那可是人生一大損失。

「太棒了！運動會來了！」

「我超級期待的！」

「這是高中生活的第一場運動會，好緊張喔～！」

班上同學們都很興奮，嘰嘰喳喳地討論起來。

在這當中，唯獨華老師看起來有點悶悶不樂。幾乎所有同學都雀躍不已，就她一人露出似乎有話想說的表情。

華老師看著學生的反應一會兒後，「咳咳！」地清了清喉嚨，將眾人的注意力拉到自己身上。

「今年運動會的內容稍有變動。我們高中雖然從今年開始改制成男女合校，但男生人數還是非常少。依照這種情況，沒辦法舉辦男女分組的競技。所以說，大家知道『星林高中』這間男校是我們的姊妹校吧？這次確定要跟那間學校聯合舉辦運動會了。」

「「「咦————？」」」

聽到華老師的說明，所有人都很驚愕。當然，我也是其中的一分子。

星林高中是位於時乃澤高中附近的男校。偏差值還滿高的，算是很不錯的升學高中。

沒想到會跟星林高中聯合舉辦運動會……

不過，男生的人數確實比女生少太多了。這種狀況下，聯合舉辦也是理所當然的。

「我可以理解大家會覺得驚訝，但能夠跟其他學校的學生一起參加運動會可是很難得的機會。大家就當作這是一次寶貴的經驗，全力以赴吧！」

華老師繼續說道。

「然後呢，舉辦地點是在操場比我們更寬闊的星林高中，所以必須選出運動會執行委員和當天的工作人員。並不是所有人都會被分配到工作，就算這樣還是想自告奮勇的人就舉手吧！那首先要問的是，有人想當執行委員嗎？」

華老師說完，有兩個人立刻舉手自薦。

而且還都坐在我附近。

第一人是隔壁青春洋溢的女高中生——友里。

「老師！我想當運動會執行委員！」

至於第二人——

「我跟友里一樣想當執行委員。」

是坐在我正後方，外表是蘿莉，內在是重度虐待狂的古井同學。

真意外。友里我大概可以理解，但像古井同學這種性情冷淡的人，會積極參與運動會這類的活動讓我很驚訝。

「跟男校聯合舉辦啊，感覺可以找到有趣的玩具呢。」

……喂，我剛才聽到後面傳來很可怕的一句話耶。

大概是我的錯覺……雖然跟古井同學的聲音一模一樣，但應該不可能吧？

「太令人期待了，呵呵。」

聽到這句話的瞬間，我的體溫急速下降，背脊凍結起來。

這、這個人之所以舉手自薦，竟然單純是為了找新的玩具啊！

她打算透過運動會尋找新玩具！如果被這個人盯上，大概就無路可逃了吧！

被盯上的人接下來會落入水深火熱的生活。就像我一樣。

祈禱古井同學找不到新玩具，不要有人受害吧。

我也要當作沒聽到古井同學的那番自言自語。

要是指責她，自己也會遭殃的。

「哦～！有兩個人自願嗎！這真是太好了！看起來沒有其他自願的人了，就決定是這兩位同學吧！」

華老師當然沒察覺到古井同學的盤算，就這樣任命友里和古井同學了。

運動會執行委員確定是這兩個人。

不過，我不會像她們一樣自告奮勇，只打算待在外圍享受樂趣。

有參加活動就足夠了。能輕鬆地適度享受運動會的樂趣就好。

「啊，我忘了說一件事。兩個執行委員後天要代表一年級生去和星林高中開會。請妳們跟學生會的雛海，還有二～三年級生一起決定今後的方針。身為一年級生，應該有很多不熟悉的事情，但要好好加油喔。」

「「知道了。」」

雛海具備國中時擔任過學生會長的經驗，而且才高一就成為學生會的幹部。她們運氣還真好，感情融洽的三人組能夠一起負責同一件工作。

但不知道為什麼……

總覺得……內心躁動難安。有一絲不妙的感覺。

「不過～好不容易變成男女合校了，全是女孩子也不太好……」

正當我想著這種事情，華老師就似乎有點不滿意地這麼說道。

果然有股不妙的預感……

「應該派個男生吧？」

聽到這句話，我立刻從華老師身上移開視線，就這樣低頭向下，假裝自己不存在。

拜、拜託了，華老師，千萬不要看我啊。

推給其他男生吧！我如此祈求著，然而……

神明完全不聽我的願望。

「啊，老師，既然這樣，我前面這個看起來很閒的男生怎麼樣呢？其實他還滿有力氣的，有他在會讓人很放心。」

……咦？等等，妳是說真的嗎，古井同學？

點名我的，是無論有幾個「超級」都不足以形容的重度虐待狂王女——古井同學。

為什麼這個人這麼喜歡欺負我啊……

我反射性地轉頭看去，只見古井同學雙臂抱胸，大概是對我的反應很滿意，她「噗！」地笑出聲來。

……

這個人設局陷害我！她是故意推薦我的！

這個重度虐待狂——！

「慶道確實不錯！跟她們三人感情最好的男生只有你了！所以希望你能接下這份工作！」

華老師眼神認真地看著我。那道視線挾著一股壓力而來，這下絕對沒辦法拒絕了……

前有華老師，後有古井同學的壓力。我哪逃得掉啊？簡直是不可能的任務。

唉……認命吧。

「我、我知道了，我會協助她們的。」

「哦！謝謝你，慶道！真不愧是你！那就四個好朋友一起出席後天的會議吧！拜託你們嘍！」

大概是很高興我接下這個工作，華老師雙眼綻放出晶亮的光采。

為什麼每次都會變成這樣啊……

反正對方派來的一定是帥氣爽朗型男學生。我這種人在那裡會很格格不入吧……

我的青春到底為什麼會像這樣風波不斷啊？可惡的古井同學……總有一天我絕對會報仇的。

然而，真正的災難才正要開始。

沒想到……我竟然會得知那種計畫。

第五話　冒牌貨

幾乎是被強迫成為運動會執行委員後，經過幾天，跟星林高中開會的日子終於來臨。

我們跟運動會執行委員的學姊們一起花費單程二十分鐘左右的時間，走到了正門。

「這、這裡就是星林高中啊……」

看到在眼前延展開來的男校校舍，我不禁脫口這麼說道。

星林高中不只是學業，對運動也很注重。田徑隊、游泳隊和足球隊近年都有參加全國比賽。

不僅如此，學業方面也絲毫不馬虎。每年都有很多學生考上頂尖的國公立及私立大學。

時乃澤高中是走貴族女校的風格，散發著沉靜高雅的氛圍。

但星林高中不同，長年歲月下沾染的陽剛氣息從整間校舍猛撲而來。在放學時間陸陸續續回家的星林高中學生身上，也能感受到有些壓迫人的派頭。

「這裡就是星林高中啊，跟我們學校不同，氣勢很強呢。」

在我身旁的古井同學罕見地露出佩服的神色，輕聲這麼說道。

不只是我，女生們似乎也有相同的感覺。

「對呀，古古，我都說不出話來了！」

繼古井同學之後，雛海也點點頭。

當我們對歷史悠久的男校氛圍感到震撼之際，在周圍行走的壯碩星林高中學生接連停下腳步，盯著我們看了起來。

「喂……喂，那是時乃澤高中的制服吧！他們是來談運動會的事情嗎？」

「應該是吧，不覺得女生的水準很高嗎？」

「確、確實很高！大家都很可愛耶！」

像這樣的對話此起彼落。

有如此優秀的現役女高中生在，當然沒辦法忽視。

就在我想著這種事情時，站在我旁邊的古井同學就將手輕輕放在我的肩膀上。

我看向她之後……

「哼！」

竟然用鼻子笑了……繼前幾天後，她又在嘲笑我！

只不過是被其他學校的學生稱讚，就在對我展現優越感？

那一副勝利的表情是怎麼回事？很令人火大耶！

我氣得額上開始冒出青筋的同時，又聽到了這樣的對話。

「哇～不過那男的是怎樣？好突兀喔。」

「就是說嘛～為什麼跟她們在一起啊？」

「八成是落單的吧，沒人想跟他一組，出於同情就讓他加入了。」

「哦～有道理。」

才不是好嗎！

我幾乎是被強迫加入這個團隊的耶！是華老師自己要派我來支援的！不要隨便誤會我啦，混帳！

正當我對周遭學生燃起熊熊怒火之際，古井同學再度將手放上我的肩膀。

「噗！別在意。噗噗！」

回頭一看，就發現她一手摀著嘴巴，正在拚命忍笑。

只有我沒受到稱讚，她就不禁笑出來了吧，這個臭傢伙。

竟然仗著自己是美少女就捉弄我！

「古井同學妳很享受這種情況吧？絕對很享受吧？」

「對，我非常享受。感覺會是人生中笑得最開心的一次。」

「妳不掩飾一下嗎？未免講得太直接了吧！」

這個人真的是重度虐待狂。我很想知道這種人格是怎麼培養出來的。

古井同學的父母究竟是什麼樣的人呢……？

我不小心被古井同學的反應引開注意力，慢半拍才發現星林高中的學生們接二連三地聚集到我們周遭。

大概三十人左右圍成一個圈圈，所有人的視線都集中在同一處。

他們在看的是……

「喂，快看那個女生！那是『千年一遇的美少女』耶！我還是第一次看到本人！」

「真的耶！錯不了的！就是她本人！『千年一遇的美少女』本人就在這裡！」

「太可愛了吧！好扯！真想跟她握手！」

如同以上對話，是雛海。

看來男生們發現眼前的女高中生並不是一般的美少女，而是那個「千年一遇的美少女」，全都變得很興奮。

簡直像是拚命討點心吃的狗狗一樣，呼吸急促地向雛海投來熱烈的視線。

也許是被那些視線嚇到了，雛海的肩膀微微顫抖起來。

圍觀的男生愈來愈多，終於密集到寸步難行之際——

「你們在幹什麼！把她們都嚇壞了！」

校舍的方向忽然傳來一道男學生的澄淨嗓音。

聽到這個聲音，星林高中的學生們一齊停下動作。接著，那些男學生就開始排成一列。

往這個隊列的另一端望過去，便看到有一個人站在那裡。

那、那是誰？

當我正在看隊列的另一端時，星林高中的學生們就異口同聲地用丹田的力量喊道：

「辛苦了！草柳大哥！」

咦，這種嚴守上下關係的作風是怎麼回事？

不過，既然受到這麼多男學生尊崇，會是像黑道那種可怕的人嗎？

我如此思考之際，站在隊列另一端的人就緩緩踏步走向我們。

隨著距離愈近，便能逐漸看清楚他的長相。

我原本以為對方會是個相貌恐怖的肌肉男。

實際上並不是，而且完全相反。

他有著一頭金髮與清爽的氣質，還有修長的身材和模特兒般俊帥的容貌。

喂……喂，怎麼是個爽朗的帥哥啊啊啊啊？

剛才是不是一瞬間有清爽的風吹過來？這個帥哥未免太不得了了！

要是我有戴眼鏡，鏡片現在絕對已經破裂了。

那個叫做草柳的學生就是帥到散發出如此耀眼的光芒。

這些肌肉發達的男生，竟然是聽令於這麼爽朗的高個子帥哥啊？

真、真是難以置信……

「哇、哇喔～來了一個超級大帥哥耶～我還以為一定是個肌肉超多的人呢～」

看到草柳的模樣，友里也脫口這麼說道。

不管由誰來看，眼前的草柳都相當帥。就連身為男生的我都會產生憧憬。

倘若這個人發動攻勢，大部分的女生應該會一秒淪陷吧。

「很抱歉我的同伴給各位添了不少麻煩，但已經沒事了。」

草柳同學帶著溫柔的笑容與清澈的嗓音來迎接我們。

「呃，那個……我們是時乃澤高中的學生，來這裡是為了談運動會的事情……」

「這樣啊，你們是時乃澤高中的。啊，對了，我還沒自我介紹呢。我是學生會成員兼運動會執行委員，目前就讀一年級的草柳真浩。謝謝你們今天特地來一趟，歡迎來到我們學校。」

居、居然是一年級——？

明明跟我同年級，為什麼可以受到這麼多人尊崇啊？

而且還是學生會的一員。不僅人緣好，相貌也無可挑剔。

哪來這種才貌雙全的人啊！看起來可不像是跟我同年紀的男高中生耶。

看到這麼優秀的人，我一時半刻說不出話來。

草柳不理我，看向三個女生。

而在看到某個女生的瞬間，草柳的目光停住了。彷彿鎖定了焦點一般，就這樣驟然定住。

映照在他眼眸中的……是雛海。

草柳走近雛海，接著突然說出了這種話。

「咦？妳不是……當時我從地鐵隨機殺人魔手中救下來的九條同學嗎！好巧，沒想到會在這裡遇見妳！命運真是太神奇了！」

……………………

幾秒間的沉默過後——

「「「咦——————！」」」

我不自覺地發出震驚不已的聲音。

當然不只是我而已，在場幾乎所有人都發出了相同的聲音。

不、不會吧，這傢伙……為、為什麼……

為什麼要說自己是打倒隨機殺人魔的英雄啊啊啊啊啊？

這傢伙是什麼來頭？

「……咦、咦咦？草、草柳同學就是當時拯救我的人嗎？」

「抱歉突然嚇到妳，九條同學。我本來覺得沒必要向社會大眾自報身分，但一看到妳，我就忍不住把一切說出來了。」

草柳害羞的同時，仍不忘對雛海可愛地眨眨眼。

這、這傢伙……到底在說什麼啊？當時打倒隨機殺人魔的可是我耶！

為什麼要說得好像是他的功勞一樣啊啊啊啊？

我對草柳的怒氣值不斷上升。

錯不了的，這傢伙想欺騙雛海！

雖然不曉得他有什麼目的，但確實是打算對雛海出手！

這個混帳！

我握緊拳頭，理智線斷掉，準備說出自己的真實身分。

這一瞬間——

「真、真的假的啊！我現在才知道草柳大哥是那個英雄耶！」

「但是，草柳大哥很符合論壇上面寫的特徵啊！」

「的、的確！高個子帥哥！完全就是草柳大哥嘛！」

排成隊列的男學生們開始議論紛紛。

聽到他們的交談，我稍微冷靜了一點，放輕握拳頭的力氣。

原來如此，草柳的外貌特徵全都符合論壇網站上面寫的消息。

但是，大家並不知道那些消息是假的。知道真相的只有我和古井同學而已。

所以草柳是利用那些恰巧跟自身外貌及特徵相符的假消息，聲稱自己就是那個人！

這、這傢伙竟敢打這種如意算盤！

更何況他人緣這麼好，不相信反而才奇怪。

在這種狀況下，即使我說出真相，大概也不會有人相信我。

因為嫉妒帥哥而撒謊的可悲男學生。

大家一定會這麼看待我。

可惡！我根本什麼都做不到！

「你、你就是當時拯救我的英雄……救命恩人……」

「對我來說，救人是理所當然的事情。但能夠像這樣重逢，或許是命運的安排吧。」

雖說是冒牌貨，但英雄出現在眼前後，雛海感動至極，眼眶泛起淚光。

看起來隨時都會滾出小顆的淚珠。

糟糕，這是什麼狀況？

考慮到雛海的心情，會這樣也很正常。但這傢伙可是冒牌貨啊。

該、該怎麼辦才好？

就算我揭穿這傢伙是冒牌貨，周遭人們也不會相信。在這個時間點突然說出真相，反而會令人覺得疑點重重。

完、完全無計可施啊！

「當時有造成精神創傷嗎？會不會影響到日常生活？」

「不、不會！我沒事！」

「那就好。我還想過妳要是留下精神創傷該怎麼辦。不過，聽妳這麼說，應該是不用擔心了。」

「真的很謝謝你當時救了我一命！」

「不用放在心上。剛才也說了，救人是理所當然的事情。」

草柳爽朗地笑著，摸了摸雛海的腦袋。

被人輕緩且溫柔地撫摸腦袋，雛海的臉頰……

泛起了淡淡的紅暈。

混帳！這個混帳東西！

這時候要忍耐。我一定要忍住！要是現在亂講些什麼，只會讓場面更加混亂而已。

一定會找到破口的。現在就默默撐過去吧！

「那麼，九條同學，我們現在就去會議室討論運動會的事情吧，其他運動會執行委員已經在那裡等待了。」

草柳就這樣……伸手環住雛海的腰，和她靠在一起。

簡直像是心心相印的情侶一般，緊密地貼著彼此的身體。

「由我來帶路，一起走吧。」

「啊，好的！麻煩你了！」

雛海跟草柳一起往校舍的方向走去。

我只能緊握雙拳，注視著他們兩人的背影。

看著慢慢地愈走愈遠的雛海。

有一種我們也正在逐漸疏離的感覺襲上心頭。

◇◇◇◇

草柳偽裝身分接近雛海。

儘管遇到這種出乎意料的發展，我們照樣開會討論運動會的事情。

議題以今後的日程和實施項目為主。

就算草柳是個混蛋，也不能夾帶私情而耽誤會議。

我氣得怒火中燒，但還是乖乖地坐在座位上。

因為是由草柳擔任主持人來引導會議進行，過程還算是順暢，沒發生什麼大問題。

然而，跟在正門的時候一樣，草柳和雛海的距離很近。他們並肩坐著，會議中歡笑不斷。

我看到好幾次他們感情融洽地交談的模樣。

會議明明進行得很順利，卻沒想到那兩人的關係會讓我累積這麼多壓力。

再繼續看著草柳的笑容，我的腦袋大概會壞掉。

已經過了滿長一段時間，先休息一下吧。

看準產生疲勞的時機，我倏地舉起手，準備建議大家稍作休息。

但不巧的是，草柳搶先我一步說道：

「嗯，想要討論的議題已經完成了一半，差不多可以休息了。在那之前，我可以問一個問題嗎？」

會議室裡的所有人都看向草柳。在眾人的注視之下，草柳這麼說道：

「難得聯合舉辦運動會，我希望能加入有別於上個年度的驚喜，大家覺得怎麼樣？」

「哦～！不錯耶！」

「機會難得，確實會想做個什麼企畫呢。」

「好啊好啊！」

聽到草柳的提議，其他成員也接連表示贊成。雖然草柳這個男人不能信任，但我覺得他的點子還不錯。

畢竟是值得紀念的聯合運動會，辦場盛大的活動也沒什麼不好。

「我有個提議，要不要辦後夜祭？就是在運動會結束後，安排學生分成男女一組跳舞這樣。但只是跳舞有點無趣，所以我打算制定一條規則，從優勝的組別中選出表現最優秀的一名MVP，那個人可以指定想要在後夜祭一起跳舞的人。我認為這麼做可以將氣氛炒得更熱烈。」

後夜祭啊。雖然沒什麼新意，但簡單點反而更好。

MVP的設定也滿有意思的。如此一來，應該會有很多人為了跟心儀對象一起跳舞而努力拚出好成績。

運動會結束後，被選為MVP的人可以指定舞伴。實在是很有高中運動會的感覺，絕對會非常熱鬧。

後夜祭、跳舞，然後是MVP。對於這些提議，沒有人表示反對。大家沒什麼異議，反倒都覺得是很棒的點子。

「看來沒有人反對，那就來做後夜祭和男女跳舞的企畫吧。關於MVP的選拔標準，我們晚點再來討論。先休息一下吧。」

在草柳說完這番話後，暫時進入休息時間。

我打算去上個廁所，順道歇口氣，便從座位起身，直接離開會議室。

不過，總覺得不太對勁。胸口莫名地躁動不安。

似乎……一切事情都進展得太過順利了。

◇◇◇

離開會議室後，我進入廁所，就這樣衝進隔間裡。

接著，我回想剛才發生的種種——草柳偽裝身分接近雛海的事情。

「那傢伙到底是怎樣啊……目的是什麼？」

我忍不住自言自語起來，並深深嘆了一口氣。

如果單純是喜歡雛海而展開攻勢倒沒關係，但他為什麼要偽裝身分啊？

而且那張爽朗的笑容，看著看著就很令人火大。儘管他剛才在會議中擔任主持人將流程掌控得很流暢，我還是沒辦法將他視為好人。

光是想起他和雛海兩人笑嘻嘻的模樣，我就感到很煩躁。

哎～太不爽了。

好！這種時候只要專注在其他事情上，心情應該就會稍微平復。

我從口袋拿出手機，坐在馬桶上準備玩音遊。

玩玩音遊，忘記不愉快的事吧。

我坐在馬桶上戴起耳機，開始遊玩。配合著節奏，不斷地敲擊畫面。

哦，差不多要進入副歌的部分了。只要撐過這裡，就能全接通關了！好，再努力一下！

就在這時——

「哎呀～真沒想到那個『千年一遇的美少女』會來啊。她確實超正的吧？你不覺得嗎？」

嗯？這個聲音是……

耳熟的嗓音從耳機外面傳入我耳中。

這……難道是星林高中的運動會執行委員之一……那個真鍋同學嗎？

我暫時放下音遊，專心聽他們的對話。

「嗯，雖然以前只看過網路上的照片，但本人果然是怪物級的啊，簡直正翻天了。」

這、這個聲音……是草柳吧！

既爽朗又渾厚的嗓音，我立刻就認出來了。

不過這種感覺是怎麼回事……

他的語氣跟在正門和會議中講話時完全不同，而且音調壓得很低。不知為何，聲音聽起來很冷淡。

因為是男生之間的對話嗎？

「就是說嘛，草柳。她真的很正呢。怎麼樣？行嗎？」

「什麼怎麼樣？」

「不要裝傻啦。」

幾秒沉默後，聽到真鍋同學所說的話，我啞口無言了。

「有辦法跟那個『千年一遇的美少女』上床嗎？」

呃，喂……這些人到底在講什麼啊？所謂的上床是指跟雛海嗎？

如果是情侶我還能理解，但感覺上不是那樣。簡直像是只想得到肉體一樣……

內心湧起不妙的預感，我稍微打開門，悄悄地窺視那兩人的表情。

只見草柳站在小便斗前，臉上泛起令人毛骨悚然的笑容。

「沒問題，從聊過的感覺來看，九條少根筋，是個單純的女人。那種類型只要聽到我這種帥哥講幾句甜言蜜語，就會輕易地打開雙腿。沒什麼難度，輕鬆就能到手。而且她完全沒發現我是冒牌貨。」

不、不會吧……

那個爽朗又溫柔的草柳同學，竟然盯上了雛海的肉體！

喂喂喂，真的假的啊！這很扯耶！

我原本就覺得他在圖謀些什麼，但沒想到是這麼無恥的目的啊！

「真不愧是草柳！我好希望自己生來就是像你這樣的帥哥啊～到處跟正妹上床的人生超令人羨慕的～」

「放心吧，雖然她的第一次由我收下，但之後也會分享給你們的。只是要等到我把她調教成我喜歡的樣子。」

「你的性癖可是很糟糕的耶～想對那麼單純的女生做什麼啊？不過，能夠跟『千年一遇的美少女』上床是難得的機會，我就心懷感恩地享用她的肉體吧！有你在真是太好了，畢竟在男校又沒辦法認識女生。」

「嗯，拭目以待吧。我本來打算在舉辦運動會的那天報上身分，沒想到今天就能見面。但作戰成功了，遲早會讓她成為我的女人。」

太、太不敢置信了……

他竟然利用與生俱來的外貌到處獵豔啊！

而且絲毫不顧對方的心情，扔給其他男人……

我、我懂了！在正門的時候，看到他備受其他男學生擁戴，原來是有這層因素啊！

他把自己追到的女生都分給他們了！這傢伙未免太混帳了吧！

「跟她一起的那個叫慶道的男生，外表看起來也不像是男友，應該不用擔心。真可憐啊，朋友在不知不覺間要被我吃掉了。」

「的確！」

「神明也很眷顧我呢。目前經驗人數九十九人，值得紀念的第一百人就決定是那個『千年一遇的美少女』吧。」

「太棒了吧！要快點分給我喔。」

「當然了，真鍋。真的……好期待運動會啊，ＭＶＰ和後夜祭的規則也都決定好了。」

……咦？ＭＶＰ？

說起來，剛才休息前，草柳有提到ＭＶＰ和後夜祭的事情。

當時全場一致表決通過。等一下，啊！這傢伙難道——！

「只要拿到優勝，草柳被選為ＭＶＰ，就可以跟那個『千年一遇的美少女』跳舞，一起創造美好的回憶，讓她愛上你。這就是我們的作戰計畫吧？」

「沒錯，所以我才會接下主持人這種麻煩的工作。只要能夠主導會議流程，自己的提議也會比較容易通過。」

我就覺得一切事情都進展得太順利了，原來這才是他採用MVP的真正目的啊！

的確，MVP和後夜祭的舞會是炒熱氣氛的要素。

實際上，這是第一次的聯合運動會，安排這種驚喜也不錯。

然而，草柳巧妙地利用了這一點。

在大家創造青春的回憶之際，另一方面，草柳跟雛海一起跳舞，然後……

讓她愛上自己。他打算把雛海追到手。

為了得到雛海，所以策劃了對自己有利的發展嗎？

可惡！為什麼我在剛才的會議沒有察覺到啊！

那傢伙也有可能不會被選為MVP。但是，萬一他得逞就完蛋了……

「呵呵呵，可以跟朝思暮想的英雄跳舞，內心絕對非常激動。她鐵定會愛上我。」

「呀啊～！棒透了！那我也要用盡一切辦法讓草柳被選上！」

「嗯，助我一臂之力吧。只要在運動會拿到優勝，接下來一切就完美了。」

「拜託嘍，草柳。畢竟你隨隨便便都釣得到女人嘛，這次也麻煩你啦。」

「那還用說？我絕對要得到她。」

草柳最後露出下流的笑容，接著那兩人便離開男廁了。

不妙。

真的很不妙。這個發展是怎麼回事啊？有個不得了的傢伙盯上雛海了！

繼隨機殺人魔之後，這次變成人渣的目標了啊！

無論如何都要保護雛海不受人渣傷害，否則會釀成大禍。

今年的運動會……各方面來說都會是一片混亂啊！

在廁所得知草柳的真正目的後，一個小時過去，會議終於結束了。

我們正在星林高中的正門前，跟星林高中那邊的執行委員們一起離開學校。

「會議真是開太久了呢，九條同學。妳是不是有點累了？」

草柳朝站在身旁的雛海露出爽朗的笑容，輕輕將手搭上她的肩膀。

面對草柳在大庭廣眾下一口氣拉近距離的行為，雛海雖然表情有些困惑，但感覺還是很開心。

「是、是呀！但為了籌辦盛大的運動會，必須全力以赴才行！」

「九條同學是個很努力的人呢，我喜歡這樣的女孩子。」

聽到這句話，雛海瞬間羞紅了臉，就這樣胡亂揮舞著手，拚命游移著視線。

「咦、咦咦？有、有很多比我更努力的人喔！」

「是嗎？妳在今天的會議很積極地跟大家溝通，而且國中時還當過學生會長吧？真是太厲害了。」

「啊，是、是的，謝、謝你的誇長……」

也許是對草柳那番話感到很高興，雛海高高揚起了嘴角。除此之外，她壓抑不住竊笑，表情不停顫動，講起話來吃了好幾次螺絲。

從外人的角度來看兩人的互動，應該都會認為他們將來會交往吧。

但是，只有我知道。

這個草柳是人渣，還正在欺騙雛海。

好想立刻說出來。好想立刻保護雛海。

然而……我沒有能夠指出這傢伙是冒牌貨的證據。

我也不能自己站出來承認，就算這麼做，也不會有多少相信我的人。

因為那些寫在論壇網站上面的假消息，導致出手救人的男學生形象變成高個子帥哥。

這種狀況下，我無計可施，什麼都做不到。

我並不是想要贏得雛海的芳心才去救她的。

只是以前沒能拯救摯友，我不想再犯下相同的錯誤。當時實在無法忽視雛海的求救聲，就這樣不顧一切地衝過去了。

擅自將功勞攬到自己身上，甚至試圖接近雛海，這傢伙太卑鄙了。

「九條同學，太陽差不多要下山了，我送妳去最近的車站吧？」

「不、不用了！你不需要擔心我！」

「可是，好不容易再次相見，今天就讓我送妳吧，好嗎？」

「好、好的……那、那就麻煩你了，草柳同學。」

雛海說不過草柳，就這樣兩個人一起走向最近的車站了。

他們離我們愈來愈遠。

想追的話，明明立刻就追得上，卻不知為何感覺很遙遠。

好像用跑的也追不上。

再這樣下去……我們的關係可能會逐漸疏離吧。

我打從心底有這樣的感覺。

◇◇◇◇

當天晚上——

各方面都累得筋疲力盡的我，在床上躺成大字形，望著天花板出神。

將來的運動會讓我充滿不安。

草柳欺騙雛海，而且打算利用她，要讓她成為自己的女人。

我並不是認為他不能追求雛海，只是偽裝身分，以肉體為目標的接近方式讓我看不下去。

雛海既純真又開朗，個性直率溫柔。萬一受到那種人渣欺騙，還被抓住弱點……

光是想想就覺得火冒三丈。

但我手上沒有武器可以推翻目前的局面，反倒是草柳占了上風。星林高中的學生都很仰慕他，不僅是高個子，長得也很帥。

再加上散布在網路上的假消息吻合他的外貌特徵。

該麼辦才好……根本是不可能的任務啊。

再說，那種人渣幹嘛自稱是打倒隨機殺人魔的男學生啊！

竟敢趁我沒有出來承認身分的時候，耍這種伎倆！

可惡啊啊啊啊啊啊！壓力累積得愈來愈多，感覺隨時都會爆發啊！

大概是壓力與心煩意亂的緣故，我不知何時開始用雙手撓抓腦袋，像一條毛毛蟲似的不斷扭動身體。

我知道自己的行為很奇怪，但就是停不下來！只要想到草柳那張臉，就會對我造成很大的壓力！

「絕對饒不了草柳！那種藏在爽朗笑容下的腹黑本性是怎樣！根本不配當人吧！」

正當我一邊扭動身體，一邊自言自語之際——

「…………哥，你從剛才就很噁心耶，到底在幹嘛？」

妹妹美智香的嗓音傳入耳中的瞬間，我的身體立刻停住。

不僅害羞，也感到自身很可悲，導致我有幾秒動彈不得。

……咦，等一下，她為什麼在？這裡可是我的房間耶。

慢著，她是有事找我才進來的嗎？那她有敲門嗎？

經過幾秒的延遲，身體終於能行動自如，我轉頭看往傳出聲音的方向，便發現美智香低頭看著我，那眼神冷得彷彿在看垃圾一般。

嗚、嗚哇～！我的舉動大概全被她看到了吧。

她、她這副模樣……完全沒有把我當作哥哥。或者應該說，她沒有把我當人看。

哈哈～終於要從哥哥轉職成垃圾了啊，真傷心呢～我們小時候明明感情那麼好。

在她眼中，我現在就是個垃圾嗎？

「哥，剛才的扭動是什麼？你要在全年級話劇演毛毛蟲嗎？如果是這樣，身為妹妹會覺得很丟臉，立刻辭演那個角色。」

「怎麼可能啊？就算真是這樣，毛毛蟲也是很重要的角色，不要瞧不起毛毛蟲。」

「不是，自己的家人演毛毛蟲都會覺得很丟臉啊。光是想像哥在地面蠕動爬行的場面，我就沒辦法去學校了。所以你快辭演吧。」

「我很感謝妳還願意把我當作家人來看，但會不會有點太過分了？」

「啥？你說什麼？要是被學校朋友知道，那就真的完蛋了。」

為什麼我的妹妹會這麼冷淡啊……

動畫裡明明經常出現那種很仰慕哥哥的可愛妹妹。

我現在應該有辦法以現實中的妹妹為題材來寫輕小說，就叫做「我的妹妹不可能這麼冷淡」。

「知道了、知道了。不過，妳幹嘛擅自進來我的房間啊？我正好壓力大到一個人在翻滾耶。妳有敲門嗎？」

「不，沒有。」

「為什麼每次進我的房間都不敲門啊？這裡是我的房間，也是私人空間耶！可以請妳不要未經同意就闖進青春期男高中生的房間嗎？」

我拚命訴說，但美智香的表情紋絲不動。依然是那副光看就發毛的冰冷面孔，沒有任何情緒。

完全打動不了她的心。太令人難過了吧。

「每次都要敲門很麻煩。而且我對哥的隱私又沒興趣。」

「很會回嘴嘛。那我有事找妳的時候也不會敲門，直接進妳的房間喔！」

我這麼說完，美智香沒有回話，而是稍微垂下頭，不自然地藏住表情。

咦，她是怎麼了？很可怕耶。

當我如此心想之際，美智香身上就開始傳出不得了的殺氣，彷彿連骨髓都要凍結住了。

美智香沉默幾秒後，用前所未有的冰冷眼神看著我，這麼說道：

「……小心我宰了你。」

「啊，好的。對不起。」

好、好可怕啊啊啊啊啊啊！

被美智香的殺氣一嚇，剛才的氣勢全部跑光，我像隻松鼠一樣蜷縮起身體。

在我眼中，面前的妹妹簡直可怕到了極點！

「話先說在前頭，就憑哥的程度，我隨時都能把你送上西天，請你好好牢記在心。」

「妳什麼時候變成殺手了啊……」

即使當作美智香在開玩笑，她的態度相當冰冷又可怕，所以可能不是騙人的。

要是她真的生氣了，感覺會拿著菜刀來找我。

「就算不是殺手也辦得到，跟打死蚊子一樣。」

「我跟蟲子竟然是同等的啊……」

美智香到底有多鄙視我啊？難道我沒有人權嗎？

「對了，美智香。回歸正題吧，妳來找我幹嘛？」

我轉換話題，詢問美智香來這裡的原因。

接著，美智香將拿在右手的東西遞到我面前。

這、這是……話筒？

「有電話打給你。對方說『反正不用說也知道，直接把話筒拿給他吧』。」

啊，這絕對是古井同學。會講這種話的絕對是古井同學。

「等一下，美智香。我確認一件事，妳有按話筒的保留鍵嗎？」

美智香沉默地點點頭。

好險啊。上次因為沒有按保留鍵，對話全部被聽到了，害我覺得很丟臉。

這次似乎沒問題。

「知道了。那我要接電話，妳可以離開房間嗎？」

「好。」

美智香把話筒遞給我，然後就走出房間了。

那接下來……

明明在妹妹面前出糗後很想立刻消失，卻不得不跟那個重度虐待狂講電話。

一般來說都會很抗拒吧？

坦白說，我不想接。依照那個重度虐待狂的個性，絕對劈頭就會捉弄我一頓。

不過，古井同學不會無緣無故打電話過來。我大概猜得到她的目的。

八成是要談草柳的事情吧。除此之外，想不到別的了。

我做了一個深呼吸後，按下保留鍵，將話筒放在耳邊。

「喂、喂……」

「你終於接起來了，真是讓我等了好久。」

「對、對不起……」

「你過了幾分鐘才接電話。照這樣來看，應該是被妹妹撞見了丟臉的一面吧？比如說，一邊做著噁心的動作，一邊喃喃碎念著煩心事之類的。」

「為什麼妳知道啊？該不會在我的房間裝了監視器吧？妳是不是有在監視我的私生活啊？」

「不需要那種東西。凡人的想法，我輕輕鬆鬆就能掌握。畢竟只是個凡人。」

「不要講兩次凡人啦！我知道古井同學妳是天才，但沒道理要被妳講成這樣吧！」

這個可惡的重度虐待狂，一逮到機會就要戲耍我。

「還是一樣反應很好呢，真是好玩。謝謝你，這是紓解壓力的好方法。」

「不要隨便用人紓解壓力啦。」

「笨蛋，我當然是開玩笑的。聽不懂玩笑的男生可不會受歡迎喔。」

「什、什麼啊……原來是開玩笑，那就好。」

「對，一成左右是玩笑。」

「那不是絕大部分都是真心話嗎！幾乎沒有玩笑的要素吧？」

她還是一樣對我很敷衍耶！

總有一天，我要讓這個蘿莉重度虐待狂輸得無言以對。

但對方的腦筋好得不得了，在吵架方面更是人類最頂尖的高手。

被她捉弄後，每次都是在無力還擊的情況下結束。高中畢業前，我一定要報仇。

正當我在思考這種事情之際——

滴答！

隔著話筒，我聽到了水滴落下的聲音。

咦？這個聲音是……

而且古井同學的聲音從剛才就帶著一點回音，難道她……

「古井同學，妳該不會是在泡澡吧？」

「哎呀，虧你猜得到呢。沒錯，我正在泡澡。」

「妳、妳幹嘛一邊泡澡一邊講電話啊……」

「有什麼關係？我泡澡都要泡很久，想說消磨一下時間就打電話給你了。」

「原、原來如此。」

她竟然一邊泡澡一邊講電話啊。

古井同學想要在什麼時候打電話都可以，那是她的自由，但跟異性講電話時泡澡也太扯了吧。

一個青春少女裸著身子跟我講電話，這不是很糟糕嗎？

啊，慢著！不、不准想奇怪的事情！絕對不能出現不知害羞的妄想！放空腦袋吧！

「泡澡果然很舒服呢。但有點不可思議，畢竟全裸後能夠享受的唯一娛樂，只有泡澡而已。即使全裸也能享受。即、使、全、裸。」

「等一下，古井同學！可以請妳不要重複三次全裸嗎？而且最後還特別強調！」

這個人————！

我明明在拚命摒除一切雜念，她卻一直提全裸的事情！

絕對是故意的吧？就是看準這一點才會說這麼多次吧？

「這有什麼關係？不管我說什麼都是我的自由啊……奇怪了？還是你隔著電話正在想像我的裸體？如果是的話，那你也太差勁了。竟然想像別人的裸體，擅自興奮起來。」

「我才沒有興奮，根本連想像都沒有好嗎！」

「是嗎？但我有點難過呢。一個青春少女都脫光衣服還沒辦法讓人動情，這也是滿令人傷心的。」

「那我到底該怎麼說才對啊？沒有正確的選項吧？」

「笨蛋，答案不是很簡單嗎？只要說『我情不自禁地想像了古井小春大人的好身材』就可以了。」

「誰想得到啊！」

竟然還說自己是好身材。是說，古井同學確實很可愛，身材也很苗條，但胸部就……

不不不不，等一下。

不要再想了。感覺會釀成無法挽回的事態。無視才是最好的選擇。

古井同學要是真的動怒，我大概會死掉，以社會上的意思來說。

「差、差不多該談正事了吧？就算是想泡久一點，再閒聊下去的話，妳可能會泡到頭暈。」

「說得也是，那閒聊就到此為止，進入正題吧。我可不喜歡沒有生產性的話題。」

「呃，真要說起來，好像是妳延伸這個話題的耶……」

「哎呀，是這樣嗎？那就算了。」

不是，她怎麼立刻裝無辜啊？

不就是古井同學自己將話題延伸開來的嗎？劈頭就捉弄我。

「你應該有猜到我今天會打來吧？」

「……嗯，是要講草柳的事情吧？」

「對，沒錯。」

草柳在雛海等人面前自稱是當時的英雄。

知道那是謊言的人，在這世上只有兩個。

那就是身為本人的我，以及光憑稀少的資訊，就比誰都還要快識破我的古井同學。

從古井同學的角度來看，應該沒辦法忽視草柳的言行舉止。

「以防萬一，有些話先說在前頭，我之前告訴妳的事情全部都是真的。過去都是我在撒謊，草柳才是本人這種情節是不可能發生的。」

雖然古井同學是平常總愛捉弄我的重度虐待狂，但其實她還是滿懂我的。

要是失去這世上唯一的友軍，那我可以說是走投無路了。

「你覺得我在懷疑你？我怎麼可能相信那個始終都在刻意展現爽朗笑容的混蛋所說的話？放心吧，我沒有懷疑你不是本人，而且比起其他男人，我更相信你。」

「謝、謝謝妳……」

我很高興她願意相信我，但該怎麼說好呢，古井同學剛才那句話——比起其他男人，我更相信你。

這句話讓我覺得有點意外。

沒想到古井同學會說出這種話。她果然還是有溫柔的一面啊。

「我無法原諒草柳的那種態度。不只是跟雛海勾肩搭背裝熟，甚至還……欺騙她，實在不可原諒。」

我也是相同的心情。他利用雛海單純的心意，隨心所欲地接近她。

雖然他是人緣好又爽朗的帥哥，但在我眼中只是一頭將自身性慾發洩在女性身上的禽獸而已，是最差勁的混蛋。

「我跟妳想的一樣。他就是在利用雛海的心意胡作非為。」

「對，我無法原諒他不惜偽裝身分也要拉近關係。如果喜歡，那就堂堂正正去追求啊。」

「啊，那個……古井同學。草柳他……並不是喜歡雛海。」

「……咦？什麼意思？」

確實就像古井同學說的，一般都會直覺地認為草柳是想要跟雛海交往才偽裝身分。

但實際上並不是。那張爽朗的笑容之下，藏著難以想像的私下本性。

「古井同學，今天的會議不是中途有休息嗎？我當時在男廁的隔間裡玩遊戲，結果就偶然聽到草柳他們的對話。」

「對話？他們說了什麼？」

「草柳他……要的是雛海的肉體。打算拿她當性慾的發洩對象。」

聽到我這麼說，也許是抑制不住內心動搖，古井同學沒有立刻回應。

這也沒辦法。

得知草柳接近雛海是為了得到她的肉體，就算是古井同學也不可能保持冷靜。

會因為不敢置信而說不出話來。

沉默幾秒後，古井同學用比剛才小的聲音回問：

「這、這是真的嗎？」

「嗯，錯不了，我親耳聽得一清二楚。」

我繼續說道：

「今天的會議中，草柳有提到ＭＶＰ和後夜祭的舞會吧？」

「對，但是……啊，難道說！」

「就是妳想的那樣，他要成為ＭＶＰ，跟雛海在後夜祭跳舞。兩個人一起創造一輩子難忘的回憶，接下來的事情妳也想得到吧？」

「所以他是要讓雛海喜歡上自己，藉此得到她。真是令我作嘔。」
「草柳打算巧妙地利用MVP和後夜祭吃掉雛海。那傢伙只對女性的身體感興趣。」
「原來如此。如果是這樣，草柳偽裝身分也說得通了。」
「對，他要讓雛海以為自己是當時出手相助的英雄，以便卸下她的心防。」
實際上，草柳的作戰目前進行得很順利。不只是雛海，還成功騙到其他人為自己助陣。
雖然是個人渣，但這些事情都經過縝密計算，從這一點就看得出那傢伙有多狡猾。
「古井同學，該怎麼做才能保護雛海？坦白說，憑我的腦袋根本想不出突破這種狀況的方法。」
回顧今天一整天，我什麼都沒辦法做到。
在後面看著草柳和雛海親暱交談的模樣……我只能握緊拳頭而已。或許這種狀況今後都不會改變。
雛海和草柳同進同出，是周遭人們公認的一對。
容貌出眾的兩個人做著符合青春的事情，誰都不會有怨言。
再加上星林高中的學生將草柳當作神一樣崇拜。畢竟他會將到手的女人分給他們。
既然他擁有那麼高的聲望，我輕舉妄動會造成反效果。
如果想要突破這種走投無路的狀況……只能求助古井同學了。

現在的我沒有其他選擇。

「我明白情況了。無論如何都要阻止那個渣男和雛海就這樣在一起。站在朋友的立場，我想要保護她，所以我會幫助你。」

「真的很謝謝妳，太好了。」

「這沒什麼，想要保護雛海的心情，你我都一樣。而且不能讓草柳稱心如意，既然欺騙我的朋友，那就必須好好回敬一番才行。我要讓他後悔生在這個世上。」

「很、很恐怖耶。不過，重度虐待狂的性格在這種時候就派得上用場了。」

「我就當作你在稱讚我吧。要讓草柳用身體牢牢記住惹怒我會有什麼下場。」

「哈哈……這、這樣啊，感覺未來的老公會很辛苦呢。」

「你剛才說什麼？」

「沒、沒有，我什麼都沒說！」

好險！

我說那句話時稍微壓低了聲音，所以她沒有聽清楚。要是被她聽到，我八成就要體會到超乎想像的地獄滋味。

差點就要比草柳先一步被幹掉了。

古井同學生起氣來，真的不曉得她會做什麼。只要她有心，搞不好會一邊「啊哈哈哈哈！」地笑著，一邊揮動電鋸。

「那、那麼，古井同學，回歸正題，我具體上該怎麼做？」

接下來才是重點。我們目前處於壓倒性的劣勢。

周遭人們對草柳深信不疑，網路上的假消息也在負面意義上成了他的助力。

到底是誰在那邊亂寫什麼高個子帥哥啊？

反正就是這樣，我們能做的事情相當有限。

「這個嘛，首先不要跟身邊的人說草柳是冒牌貨，對雛海也要保密。」

「咦？要保密嗎？我還以為一定是找出草柳說謊的證據，然後散播出去耶。」

我很驚訝。而古井同學則淡淡地解釋這麼做的原因。

「那的確也是一個辦法。但既然本人不能出面，隨便散播會造成反效果。要是有人問『既然你說草柳是冒牌貨，那本人是誰？』你準備怎麼回答？」

「說、說得也是，被這麼一問，什麼都回答不了。」

「對吧？而且社群網站上早就在瘋傳消息了。」

「嗯？已經傳開了嗎？」

「對，你搜尋流行趨勢看看，傳開的速度快得驚人，大概是跟他認識的人在傳消息。草柳自報身分的時候也有被拍成完整的影片。」

我按照古井同學說的拿起手機，打開社群網站。

查看一下流行趨勢後，發現……

#打倒隨機殺人魔的學生

這個主題標籤上流行趨勢了。

喂喂喂，真的假的啊？

竟然不到一天就上流行趨勢了。

我粗略地瀏覽一下有加註這個主題標籤的貼文。

『從地鐵隨機殺人魔手中救下千年一遇的美少女的男學生，竟然這麼帥耶！』

『不妙！長得這麼帥，連我都要愛上了！』

『唯一可以跟千年一遇的美少女互相較勁的男人，笑死。』

全都是這種貼文。

尤其是附帶草柳照片的貼文得到了數量驚人的「喜歡」。

從社會大眾的角度來看，得知沒留下名字的英雄居然這麼帥，反而會覺得很興奮。一副要成立草柳粉絲俱樂部的氣勢。

不過，實在是被他占盡了好處。

竟然利用我沒有留下名字這一點把功勞搶走，吸引社會大眾的關注。

都怪你亂說自己是英雄，現在本人要站出來承認變得更困難了啊！

「怎麼樣？一看就知道了吧？社會大眾這麼關注他，指稱他是冒牌貨所伴隨的風險太高了。在本人不能出面的情況下，散播消息是不智的行為。」

「看到這個盛況，確實是沒辦法。八成會被說是酸民就結束。」

「是啊，而且只告訴雛海一人也很困難，還必須解釋我們為什麼會知道他是冒牌貨。」

「指稱草柳是冒牌貨的話，反而代表我們知道本人是誰。意思是這樣嗎？」

「對，沒錯。你很清楚嘛。」

考慮到現狀，古井同學的判斷可能是正確的。要指稱草柳是冒牌貨，除了讓本人出面以外，沒有說服周遭人們的方法。

「所以說，完全沒辦法了嗎？沒辦法告訴周遭的人，也不能告訴雛海本人。這下該怎麼辦……」

「現在放棄太早了，我們還有能夠做的事情。」

我已經半放棄了，但古井同學沒有。

即使在這種壓倒性的劣勢之下，似乎還是有確切的計策。她果然厲害啊。

「我們現在能做的事情，大致分為兩種。」

「兩種？」

「對，仔細聽好了。第一，在草柳露出馬腳之前，我們要阻撓雛海和草柳在一起，這是延命措施。等到運動會結束，他們就會分開一陣子，總有一天他會露出馬腳。這段時間我們只能想辦法加以阻撓。」

原來如此。的確，撒謊遲早會有露出馬腳的一天。在這段期間，我和古井同學只能在背地裡阻撓他們成為情侶了。

這就是所謂的持久戰。不屈不撓地抗戰下去，直到對手露出破綻為止。

這是其中一個作戰方式。

「第二，讓雛海自己發現草柳是冒牌貨。只要獲救的當事人發現他是冒牌貨，狀況就會大為改變。」

讓雛海自己發現草柳是冒牌貨。雖然很理想，但感覺也相當困難。

她有辦法用懷疑的目光去看待拯救自己的英雄嗎？坦白說，這有待商榷。

如果有什麼關鍵因素，或許不無可能，但現狀應該不太容易。

「這就是我現在想得到的兩個計策，我想聽聽你這個本人的意見。」

「我、我覺得，第一個應該比較好，要讓雛海自己發現滿困難的。既然如此，就是打持久戰，等草柳露出馬腳，或是我們找出確鑿的證據是最好的。」

「有道理，我也贊成你的意見。採取長期戰的話，他遲早會露出馬腳。」

「那就這樣決定了？」

「嗯，總之在運動會結束為止的期間，我們只能盡量盯緊草柳和雛海，避免他們交往。」

「好，方向抵定了。」

但接下來才是問題。草柳一定會在運動會設下圈套。尤其是運動會的正式比賽，他可是不惜要陰招也要拿下優勝。

然後成為ＭＶＰ……跟雛海在後夜祭跳舞，進而交往。

雖然是青春洋溢的美好盛事，但知道那傢伙本性的我，只感到噁心。

如果不想盡辦法保護雛海的純真心意，就會演變成難以挽回的事態。

我從隨機殺人魔手中救下雛海後，無論好壞方面，她都變得非常出名。

所以，我會負責守護在她身旁，直到最後。

「準備運動會的期間，我會緊緊跟著雛海，但當天怎麼辦？草柳一定會設下什麼圈套。」

「這個嘛，總之準備運動會的期間，你待在雛海身邊，我會私下研擬計策。然後運動會當天會一邊觀察對方的動作，一邊下指令。」

「原來如此，我明白了。古井同學妳是軍師，儘管對我下令吧。」

「哎呀，這番話真令我高興。那我就不客氣地對你下各種指令了。」

「啊，等等，我開玩笑的。千萬不要下太過刁難的指令。」

糟糕，順勢耍帥了一下。但古井同學是重度虐待狂，要是對她說「什麼都行」，不知道會受到哪些對待。

「如果到最後都不改口明明會很帥，不過算了。日後有需要你執行的事情，我會立刻下指令，有勞了。」

「真帥。我知道了。拜託嘍，古井同學！」

「嗯，這是當然的。」

「要取作戰名稱嗎？感覺這樣比較帥氣。」

「你電影看太多了吧，我們又不是間諜或軍人。」

「也、也是啦……」

看來有點耍帥過頭了。

作戰名稱果然太多餘了嗎？但有的話，心情會比較振奮一點。

「不過，如果無論如何都想取，我現在有個點子，你要聽嗎？」

「咦？有啊？」

「作戰名稱就是……『宰〇濫〇垃圾渣男大作戰』，怎麼樣？雖然因為要遵守規範而有多處消音，但很有震撼力吧？」

「嗯，還是不要取作戰名稱了。」

於是，我和古井同學決定祕密聯手。

在運動會結束為止的期間，我們在背地裡啟動作戰，阻撓草柳和雛海在一起。

就由我這個本人來討伐冒牌貨。

做好覺悟吧，草柳。我要讓你為欺騙雛海一事感到後悔！

對了，古井同學，妳的命名品味是不是很差？

在地鐵拯救美少女後
默默離去的我，
成了舉國知名的英雄。

第七話 時間點

聯合運動會的會議結束後，我——九條雛海泡在浴缸裡，回想今天發生的事情。

一直想見面的救命恩人，當時的英雄——

終於出現在我面前了……！

草柳同學非常溫柔，讓我感到很安心。而且他腦筋好像也很聰明，據說運動也是強項。

這麼完美的人竟然是我的救命恩人，真是有點嚇到我了。

沒有任何缺點，完美得反而令人傻眼。

跟他聊天開心極了。我的心跳一直很快。好想跟他多相處久一點。

奇蹟真的存在呢。沒想到不到一年就能再次相見。

「好想多了解草柳同學……」

我仰望著浴室的天花板，輕聲這麼說道。

在運動會結束為止的期間，我想要跟他多聊聊，做點什麼報答恩情。

畢竟他當時救了我一命，必須用最大的誠意報恩才行。

可是，不曉得為什麼……

胸口怎麼會有股騷動？

雖然感到開心，卻又無論如何……無論如何都會下意識地想起小涼的背影。

這是為什麼呢？

我看著草柳同學的背影明明不會有任何感覺，只有小涼的背影，不知為何會打動我的心。

是錯覺嗎？

即使想忘記，還是會忍不住重疊起來。小涼的背影，以及那天的救命恩人的背影。

我不清楚原因，但也不自覺地思考起來。

可能是因為我喜歡小涼吧。

但是……但是啊——

小涼有友里了。

他們兩人在隔宿露營重逢，關係有所進展。彷彿命中註定一般，再次見到了彼此。

從這一點來看，比起我，友里跟小涼更登對。

我也想一直喜歡著小涼，想要跟他交往。

小涼在隔宿露營中鼓勵我，讓我下定決心展開攻勢，不能輸給友里。

可是，前陣子上學的時候也是，我就是贏不了。

而且一想到他們好不容易睽違將近十年才重逢，要介入他們之間會讓我不由得產生罪惡感，覺得很歉疚。

畢竟友里在高中再次遇見了原本以為再也見不到面的人。

這根本……只能說是命運了吧。

但我要是主動進攻……

就在我為此煩惱不已之際，草柳同學出現在我面前，還得知他就是英雄。

跟友里一樣，命運也突然降臨在我身上了。

神明一定是在說，草柳同學更適合我。

並且要我別介入友里和小涼之間。

否則，命運不會在這個時間點造訪。

「我一定……」

不想放棄小涼。想待在他身邊。想一直跟他在一起。然而，我沒有那個資格。

那是屬於友里的資格。

可是，我想繼續喜歡他。哎，不行了。

我沒辦法整理心情。只要去想草柳同學，內心就會忍不住踩煞車。

但去想小涼的話，又會思考起友里的事情。

到底該怎麼辦才好……

噗嘟噗嘟噗嘟噗嘟。

我吐著小泡泡，沉思了一會兒。

但沒有得出解答。

希望在運動會結束之際，已經弄清楚自己的想法了。

第八話 傳聞

在地鐵拯救美少女後
默默離去的我，
成了舉國知名的英雄。

隔天早晨——

我被鬧鐘叫醒，從床上起身後，朝客廳走去。

呼啊啊啊啊。好睏。真想再去一次夢中的世界。

心中這麼想著，我跟已經在吃早餐的美智香和媽媽一起吃早餐。

當我一邊將飯塞進嘴裡，一邊放空發呆時，電視就傳來這樣的聲音。

『好的，各位，現在以社群網站為中心都已經討論得沸沸揚揚，沒想到呢，從地鐵隨機殺人魔手中救下少女的那個英雄！那個男學生的身分終於曝光了！』

『哎呀～真的藏了很久呢！我也看過幾篇做這方面研究的專題文章，知道是高個子的帥哥，但實在沒想到會那麼帥耶！救人的是一個帥氣的男高中生，這絕對會成為傳奇呢！』

『沒錯，是個超乎想像的人，讓我嚇了一跳。那麼，接著就來介紹那位英雄——草柳同學的個人簡介！』

「噗——！」

我忍不住猛地噴出嘴裡的飯。

咦咦？電視節目在介紹那個人渣嗎？

我不由得轉頭看向電視……

只見整個畫面都映著草柳露出帥氣笑容的照片，主播正在進行介紹。

喂，騙人的吧……

這不就跟之前的我一樣嗎！

天、天啊……竟然連電視節目都在介紹。

這下要保護雛海會變得更困難啊！

「媽，不覺得他超帥的嗎？被那種帥哥拯救，一定會暈船暈到不行。是我的話，就會為了成為他的女友而倒追了。」

的、的確，站在女性的角度，草柳應該是理想男友排行榜的第一名吧。

這下糟糕了啊。真的笑不出來。

遇到討論度超高、能力又優秀的帥哥，女性們絕對會眼冒愛心。

「確實很帥呢～真希望妳爸爸和涼也能跟人家學習一下。他們兩個真的太遜了。」

「就是說嘛，要是爸和哥是這種王子類型的人就好了～」

爸爸不在這裡就算了，竟然當著我的面講這種話……

對美智香和媽媽來說，映在畫面上的草柳應該就像是白馬王子一樣吧。

話說，那個王子……可是冒牌貨耶！

◇◇◇◇

從那之後經過幾個小時，我正在學校的教室裡。

草柳彷彿在好萊塢出道一般被捧成英雄，害我的心情從早上就差得不得了，但待在教室讓我覺得更不舒服了。

因為……

「欸欸，九條同學！那個草柳同學真的是妳的救命恩人嗎？」

「草柳同學是個什麼樣的人呀？」

「我看到早上的電視節目嘍！草柳同學很帥耶！」

我的隔壁，也就是雛海的座位傳來這些交談聲。

所有人眼睛都在發亮，不斷向雛海發問。

至於雛海這邊，儘管面對多得回答不完的問題，她依然維持著笑容，很有禮貌地應對。

我用眼角餘光看著那樣的場面，雛海那張欣喜且泛著紅暈的臉龐讓我很在意。

簡直像是交到第一個男友，正受到朋友們揶揄一樣。

不過，性格先撇在一邊，一直很想見面的人畢竟是頂級帥哥。

不可能不會感到開心吧……倒不如說，就算交往也不奇怪。

「未來充滿不安啊。草柳這混帳……」

必須多加阻撓，以免雛海喜歡上草柳。

即使如此……

一旦他們開始交往，一切就完了。

看來今年的運動會沒時間好好享樂了。但要是能保護好雛海……

只能放手一搏了。就算硬拚也要保護雛海！絕對不會交給那種人渣！

第九話 外出採買

從那之後經過三週，終於來到運動會前一天。

時乃澤高中和星林高中，這兩間學校是第一次聯合舉辦運動會，目前正如火如荼地著手準備中。

今天沒有課，我們從早上就在運動會的舉辦地點，也就是星林高中的操場準備東西。

一下要搬器材進來，一下又要搭帳篷，體力勞動還滿多的，很累人。

順便補充，今天派給我的工作大多是粗重勞動。全都是搬運重物的工作。

現在也正獨自把廣播器材搬到操場。

執行委員的學姊們真可惡……

只因為我是時乃澤高中為數不多的男生，她們就把粗重勞動都丟給我。

要我一個人搬這麼重的器材也太強人所難了。

我一邊在心中抱怨，一邊將廣播器材搬到指定地點。

「嘿咻！這樣就搬完所有的廣播器材了吧……」

我將廣播器材放在墊子上，然後用力伸了一下懶腰。

哎～真的好重。終於結束了。

我就這樣呆呆地望著染紅的天空，回想草柳和雛海的事情。

草柳說出自己是英雄之後，每週都有跟星林高中的會議，雛海全都出席了。當然我也是。

開會時，草柳一定會坐在雛海隔壁，兩個人開心地閒聊。我們A班是白組，草柳是紅組。雛海和草柳是敵對關係，但交談中還是充滿了歡笑。

如果單純是在聊天就算了，草柳一逮到機會就緊貼在雛海身邊，想跟她一起行動。明明回家的路相反，有時候卻會跟雛海一起從學校回家。

因為不知道會發生什麼事，我和古井同學也跟他們同行，想盡辦法不讓他們有時間獨處……

但雛海對草柳似乎一天比一天更有好感。

相比初次見面的時候，她變得更常笑，感覺關係親近了許多。

我覺得情況正在惡化。

不過，有一件事讓我很在意。

那就是……

雛海有時候會不安地注視著我。

跟草柳說話的時候，她偷偷覷過我幾眼。

看起來帶著些許的不安。

不，真要說起來……

她似乎有些迷惘。

我不知道雛海在迷惘什麼，但她的心境正在發生變化。

依照這個情況，要是草柳的策略全都進行得很順利，被選為ＭＶＰ，在後夜祭的舞會告白……

雛海可能會渾然不知自己遭到欺騙，就這樣再也不回來了。

絕對要避免這種事情發生。身為朋友，我想保護雛海。

我在隔宿露營的時候發過誓，不想再重蹈國中時的覆轍。

抱著這樣的想法，我完成最後的工作後，決定離開學校回家。

當我垂著頭，邁步走向正門之際——

「哎呀，真巧呢，你也剛做完工作嗎？」

我聽到了討厭的聲音，而且是從前方傳來的。冷淡又帶著一絲重度虐待狂感覺的這道嗓音，錯不了的。

「哇靠……古井同學。」

「什麼『哇靠』啊，真沒禮貌。」

看到古井同學的銳利眼神和可怕的表情，我的身體顫抖起來。

不小心脫口說出內心的話語了……

不可以對古井同學講這種話吧。

「那個……古井同學，妳怎麼在這裡？」

「我來接你的。等一下有事情，我就早點把工作做完了。好了，快走吧。」

「是是是，我知道了。」

「回應真是沒幹勁，這時候要一邊說『是！遵命，主人！』一邊搖尾巴才行。」

「我又不是妳的狗！」

「哦，也對，你不是狗啊，我搞錯了。」

「對對對，我不是狗，希望妳明白這一點。」

「不是狗，是僕人才對。很抱歉我這個主人把僕人和狗搞錯了。」

「兩個都不是啦！妳差不多該好好把我當人看了吧？」

「好了，快走吧，波奇。趕緊跟上來。」

「那是給狗用的名字！妳果然把我當狗看啊！」

於是，古井同學在我筋疲力盡時出現，我們便一起回去了。

我們穿過操場，在中庭裡走著，前往正門。

「你怎麼看草柳和雛海的關係？」

「這個嘛，他們看起來果然很要好。雖然草柳內在是個混蛋，但純看外表還是很帥。考慮到英雄是那樣的帥哥，也難怪雛海的心情會產生動搖。只不過……」

「只不過？」

「雛海有時候會露出憂愁的表情，感覺在迷惘著什麼。」

我不知道雛海是對什麼感到迷惘，但可以確定她有心事。

而且雛海跟草柳在一起時，偶爾會跟我對上視線。可能只是巧合就是了。

「原來如此，我同意雛海確實藏著什麼心事，但她對草柳應該也是愈來愈有好感。我想，她可能沒辦法主動發現草柳是冒牌貨。」

「就是說啊～她當然不可能懷疑恩人嘛。果然只能打持久戰，等草柳露出馬腳了嗎？」

「似乎是這樣。總之，如果能在明天的運動會阻止他們交往，那就還留有一絲可能性。」

「也對，只能明天盡全力在背地裡阻撓了。啊，對了，妳想好策略了嗎？」

為了避免草柳和雛海這兩人在運動會成為情侶，我們計劃由古井同學當軍師構思策略，我則負責執行。

但我還不知道她的策略是什麼。

縱使有點不安，在看到古井同學勾起嘴角後，我立刻安心了。

「包在我身上。我研擬了一套策略，不會讓草柳稱心如意的。呵呵，真是期待。一想到自以為有勝算的蠢蛋一敗塗地的模樣，我就忍不住想笑。」

「古井同學，妳壞心眼的一面又露出來了……」

「說得真過分。我只是想讓他知道，欺騙我的朋友，對她出手會有什麼後果而已。等到他的真面目曝光，我就要狠狠制裁他。就算用盡一切手段……」

雖然有點好奇草柳在古井同學腦內究竟遭到什麼樣的對待，但還是不要問好了。

「你還記得草柳有參加哪些項目吧？」

「當然了，借人競賽、騎馬戰還有接力賽跑，沒錯吧？」

「對，那些項目你都要參加，並執行我接下來要告訴你的策略。」

「好的！」

「那麼——」

當我們穿過中庭，準備進入鞋櫃區之際——

「等等！停下！」

古井同學罕見地語氣有些激動，伸出手阻止我前進，然後直接拉著我一起躲在樹木後面。

「咦，古井同學妳怎麼了？」

「安靜點。你看那邊，他們在鞋櫃區。」

我朝古井同學指著的方向看過去……

只見鞋櫃區附近，華老師、雛海和草柳三人不知在說些什麼。

「為什麼他們在跟華老師講話？」

「不知道，但好像在討論事情，你先安靜點。」

我按照古井同學說的閉上嘴巴，專心聽那三人的對話。

「哎呀～辛苦你們兩個了～真是幫大忙了。」

一開始聽到的是華老師的聲音。

「這一點也不算什麼！我反而做得很開心！」

接著是雛海回話的聲音。

即使滿身大汗，雛海依然活力十足地說道。隔著稍遠的距離我也看得出來。

「嗯，我也跟九條同學一樣，準備的過程很開心。好期待明天呢。」

繼雛海之後，草柳也笑咪咪地說道。誰想要看你的笑臉啊？混帳東西。

「其實我本來打算就這樣解散啦～不過，突然出了問題。」

「「突然出了問題嗎？」」

「對，我有派其他人去採買東西，但有幾樣東西忘記買了，然後又多了必須買的東西。負責採買東西的人已經回家了，所以九條和草柳，我想要把這件事交給你們，可以嗎？」

什、什麼──？

兩個人去採買東西？而且還是在傍晚？

如果因為買東西，導致比較晚回家……

草柳就能不用在意別人的目光，向雛海發動攻勢！

這下糟了！他們也有可能在運動會開始之前就交往！

「怎、怎、怎、怎麼辦，古井同學？再這樣下去，雛海和草柳就有機會獨處了！」

意料之外的發展令我陷入慌亂，但在旁邊一起偷聽的古井同學則保持著一貫的冷靜。

她沒有一絲慌張，表情紋絲不動。怎麼有辦法這麼鎮定啊……

「古、古井同學？妳有什麼對策嗎？」

我小聲問道。而古井同學就這麼回答了。

「他們兩個一起去買東西確實很危險，但也不是沒辦法阻撓，畢竟旁邊就有一個閒人在。」

「哦，原來如此，利用那個閒人就可以了嗎？」

「沒錯。」

「這樣啊……嗯？那個閒人不就是我嗎？」

「發覺得太慢了。你看準時機衝進去，我留在這裡觀察。」

「不不不！為什麼只有我啊？」

我可以理解要我過去阻撓，避免只有他們兩人去採買東西。但為什麼就我一人而已啊？古井同學也在的話，絕對比較好吧。

「要我介入他們之間是沒問題啦，不過妳呢？」

「我想一起去，但剛才說過了吧？我是等一下有事情才提早做完工作的，所以不能跟著去採買東西。」

「不會吧？真的假的啊……」

「現在只有你能行動，拜託了。」

古井同學的視線從雛海等人身上移向我，神情認真地凝視著我。

接著，那張小小的嘴巴語氣堅定地說道：

「代替我陪伴在雛海身邊吧。」

聽到這句話，我什麼都無法回答。

啊，說得也是。古井同學一定也擔心得想要一起去，但沒辦法。所以，她現在只能依靠我。

只有我能保護雛海。那就沒什麼好猶豫的了！

「我知道了。既然妳不方便，那就只能我去了。跟他拼了吧。」

看我下定決心單獨上場，古井同學似乎是鬆了口氣，放緩了原本僵硬的表情。

「晚上打給我。到時候我會把策略告訴你。」

「好，我一定會打的。」

跟古井同學另約討論策略的時間後，我專心聽雛海等人的對話，等待上場的時機。

「哎呀～雖然你們大概都累了，但還是想要交給你們。這不是輕鬆的差事，可以嗎？」

「我沒問題！華老師！交給我吧！」

「我也跟九條同學一樣，完全沒問題。」

雛海和草柳這兩人明明應該都很累，卻沒有露出一絲抗拒的表情，答應了華老師的請求。

聽到他們兩人的回答，華老師的臉色瞬間開朗起來，連我這裡都看得一清二楚。

「謝謝～！哎呀～真是得救了。好～那你們去附近的購物中心，把寫在這張紙條上的東西買回來——」

就在華老師說明之際——

我出現在他們三人面前，大聲打斷華老師。

「老、老師！我也要去！我可以去採買東西！」

看到我突然登場，他們三人都一臉驚訝，但我不放在心上。

能保護雛海的話，沒必要在意這點事情。

「小、小涼！你怎麼突然來了？」

「沒、沒啦～我打算去買點私人用品，既、既然要去，就順便來幫你們的忙。」

當然是假的。這是不折不扣的謊言。

我沒有要買東西，甚至連幫忙採買的打算都沒有。但這時候放任草柳隨心所欲會很危險。只有我能行動。

那麼，我只能上了。

「華老師，不行嗎？多個人手比較好吧？」

「唔～是可以啦。雖然要買的東西沒那麼多，但這是跟其他學校的學生加深交流的好機會，你就一起去吧。」

「謝、謝謝老師！」

聽到華老師這麼說，我便點了一下頭。

太好了，這下能阻止他們兩人單獨相處了。

就這樣介入他們兩人之間的話……

正當我如此心想之際，忽然又出現一名刺客。

「老～師！我也要去～讓我跟他們去採買東西。」

我背後傳來一道活潑開朗的嗓音。

這、這個聲音該不會是——！

我轉身循著聲音看過去，就發現友里在夕陽的映照下揚起嘴角。

「咦？為什麼友里會在這裡？」

「哎呀～我看到你和小古井走在中庭裡啊～就追上來了～但小古井不在呢～難道是我看錯了嗎？而且涼剛才是從樹木後面衝出來的，你在那裡幹嘛呀？」

友里一臉疑惑地東張西望，環顧四周尋找古井同學。

糟糕！

古井同學現在就躲在樹木後面。友里的位置剛好是視線死角，所以她看不到，但再這樣下去可能會穿幫！

「這、這個嘛，古井同學剛才用跑的回去了，好像是等一下有事情吧，現在就剩我而已。然後，我是在樹木後面綁鞋帶啦，啊哈哈哈～」

我知道自己全身下上都在爆冷汗。拜託了，千萬別穿幫！

「原來是這樣喔～所以小古井不在呀～雖然很寂寞，但也沒辦法。」

「啊哈哈～就是說啊，古井同學已經回去了啦～」

好險！沒有隨便惹來懷疑！

真是太好了，要是古井同學這時候被發現，局面就會變得很複雜。

我不禁鬆了口氣。而友里則對後方的雛海和草柳說：

「嗨～雛海、草柳！」

「友里！辛苦了！」

「佐佐波同學，辛苦了。」

雛海露出燦笑，光是看著就會令人忘掉今天一整天的勞累。

不妙，超可愛的。雛海的前世是女神嗎？

「哦～這不是佐佐波嗎？工作做完了嗎？」

「是的，華老師！做得很完美喔！」

友里像軍人一樣朝華老師敬禮。

「我也做完工作有點閒，可以幫雛海他們的忙嗎？」

「可以啊，你們四個就手牽手一起去吧。」

「非常謝謝您！華老師！那麼，涼，我們走吧！」

友里充滿活力地說完，用力抓緊我的手臂，朝雛海他們走過去。

這、這是怎樣？簡直像是準備去約會的情侶一樣啊。

「好～！那我們四個現在就出發吧！」

友里展現出昂揚的鬥志，就這樣往正門前進。

我被友里強行拖著走，無法自由行動。

看來在抵達購物中心之前，我是沒辦法離開友里了。

我這麼想著，儘管被拖著走，卻偶然跟雛海四目相對。

啊，好像有點害羞。我現在是不是臉紅了？

就在我如此擔心之際——

咻！

雛海彷彿看到了不該看的東西一般，別開了視線。

……咦？奇、奇怪了？

我做了什麼嗎？

怎、怎麼辦……

雛海似乎在逃避我？

當我正在思考雛海從我身上別開視線的原因，就聽到她喃喃說道：

「……小涼和友里果然非常登對……畢竟有命運的紅線繫著彼此。」

怎、怎麼回事？她這番話是什麼意思？我和友里很登對？命運？到底是怎樣啊？

我始終無法理解雛海這番話的真正含義。

她究竟想表達什麼？

第十話　雙重約會

離開學校走了二十分鐘左右，我們抵達星林高中附近的大型購物中心，正隨意地逛著各間商店。

到最後，變成我、雛海、友里和草柳，總共四個人一起去採買東西。

雖然友里的登場不在預期之內，但依舊能夠按照計畫阻撓雛海和草柳。

我本來是這麼想的……現實卻無法盡如人意。

「草柳同學，這間店有賣這個嗎？」

「嗯，我想應該有賣吧。」

「謝謝你！」

「這沒什麼。來，快進去店裡吧。」

草柳和雛海感情融洽地討論著，準備進入店裡。

簡直是情侶嘛。

這下可沒有阻撓的餘地。另一方面，觀察著他們的我則是……

「哎呀～明明是平日，人卻好多喔～你不覺得嗎，涼？」

「是、是啊……沒錯。」

「沒想到會有這麼多人，真是嚇了一跳呢～」

友里依然緊抓著我的手臂，力氣很大，讓我掙脫不開。因為這樣，我沒辦法離開她。

畢竟能跟這麼漂亮的美少女靠得很近，這種狀況很令人開心。身為男人的我，高興得都要飛天了。

但不該是現在！時機太差了！

情況很不妙。雖說總算是成功阻止他們兩人獨處，沒有變成最糟的狀態。

但是，友里緊緊貼著我，導致我沒辦法阻撓草柳。

雛海和草柳走在前面，我和友里跟在後面。這完全就是雙重約會吧……

再這樣下去，雛海和草柳會變得更加親暱。

啊～！可惡！但我該怎麼做啊？

「嗯？涼你怎麼啦？」

「咦？沒、沒事啊。」

「是喔～你很不對勁耶。有股可疑的味道。」

友里半垂著眼，盯著我看了看，然後像是確定了什麼似的，揚起一抹壞笑。

「涼……你剛才……」

「怎、怎樣？」

「是在想巨乳的事情吧？絕對有在想吧？」

「才沒有好嗎！」

「真是的～裝傻也沒用喔，涼同學。你剛才在想色色的事情吧？」

「不、不是不是！我沒在想！完全不是那樣！」

「少騙人啦～你從剛才就一直在看坐在那張長椅上的大胸部姊姊們呀！」

「我沒在看她們啦！」

友里指著的方向確實有一張長椅，上面坐著正在休息的大胸部姊姊們。

但我根本沒在看那些大姊姊。只是在觀察雛海和草柳的時候，那些大姊姊剛好在視線前方而已，我絕對沒有在看她們！

「涼果然也是男生啊～男生都喜歡女生的胸部嘛～尤其是巨乳。」

「我就說我沒在看了！」

「是喔～」

看到我的反應，友里便勾起嘴角後，隨即將臉龐湊近我耳邊，和緩地悄聲說：

「我覺得我沒有輸給那些大姊姊唷～要確認看看嗎？」

「……咦？」

聽到這句話，我的身體瞬間僵住。與此同時，大概是受到驚嚇，心跳一口氣飆起來。

這、這是什麼意思……？

我看向在耳邊講悄悄話的友里，發現她的臉頰染上淡淡紅暈。

看起來是覺得很害羞，但又帶著幾分認真的意味這麼說的。

她、她難道不是在開玩笑……

想到這裡，我的身體猛地燥熱起來，腦袋也開始產生混亂。

「友、友里……妳、妳是說真的……」

我問到一半，友里就垂下頭，迅速藏起表情。

接著，沉默一會兒後，或許是拋開了什麼，她猛然抬起頭，大笑出聲。

「啊哈哈哈！開玩笑的啦！涼你真的很有趣耶～！」

友里笑著，使勁拍了拍我的背。

哇，好痛！真的會痛耶！

從友里放聲大笑這一點來看，錯不了的。

她是在耍我！

「友里，妳打從一開始就在開玩笑，很享受我的反應吧！」

「啊哈哈哈！哎呀～看到你連耳朵都變得紅通通的，我不禁嚇了一跳，努力忍著不笑出來耶～真是的～涼你的反應比想像中還要可愛呢～」

「連耳朵都紅通通的嗎？」

「對啊～一開始像是喝醉一樣，整張臉變紅，然後就逐漸擴散到耳朵了～真有趣呢～」

我知道友里為什麼會突然垂下頭了。

她看到我太過慌亂而整張臉開始漲紅，不禁就開始忍笑啊！

超級丟臉的耶！不過，只要是男人，聽到友里這樣的女孩子對自己這麼說，不都會變成這副模樣嗎？

竟敢拿我的反應來取樂……

「啊～！你在想『竟敢拿我取樂』吧！」

「妳怎麼知道？」

「因為你的臉頰稍微鼓起來了呀！哎呀～涼你果然很好懂呢～」

「可惡……我的想法都被摸透了……」

「真的很有趣呢～還好有捉弄你～」

可能是對我的反應感到很滿足，她的笑意慢慢平復下來。

沒想到她會突然對我講那種話。

第十話

雙重約會

不過，友里最近真的態度不太一樣了。好像比隔宿露營之前還要……積極地跟我拉近關係。

友里果然對我……

不，這不可能吧。只是關係變得比較要好一點，立刻就誤以為別人喜歡自己，這就是不受歡迎的男人該改善的毛病。這點程度的接觸一定很正常吧。

話說回來，真是傷腦筋。

我想不到介入草柳和雛海之間的計策。他們現在也正感情融洽地在店裡邊走邊交談。得想個辦法才行。

雖然繼續跟友里聊天也不錯，但那不是我現在該做的事情。

要怎麼做才能阻止他們交談……

這種時候，古井同學會怎麼做……我該怎麼辦？

嗯……？不，等一下……

沒必要強行介入他們兩人之間吧？

不需要硬是去阻止他們對話，只要把他們分開就好了！

「那、那個……大家可以聽我說句話嗎？」

「嗯？怎麼了，慶道同學？」

聽到我這麼說，草柳是第一個回應的人。接著，友里和雛海也轉頭看我。

「既然都四個人一起來了，要不要分開來採買東西？這樣應該比較有效率。」

「哦～的確有道理呢～」

出乎意料地，友里最先贊成了我的提議。

太幸運了。謝啦，友里。這樣就能順利地談下去了。

「慶道同學說的確實沒錯，這麼做比較有效率。」

「對、對吧，那就……」

話才說到一半，彷彿要打斷我似的，草柳忽然如此提議：

「我和慶道同學去採買其他東西。男生一組，女生一組怎麼樣？九條同學和佐佐波同學就留在這裡，把買得到的東西買齊。」

……咦？

什、什麼——？我和草柳一組嗎？

我本來打算和雛海一起去買東西，現在這樣讓我有股不妙的預感耶！

雖然成功把雛海和草柳拆散了，卻變成兩個男人一組啊！

「哦～原來如此～反正我是沒差啦～雛海呢？」

「咦？我、我也沒問題。」

從女生的角度來看，這個提議或許不錯，友里和雛海都沒有反對，接受了草柳的安排。

為、為什麼？

為什麼草柳突然想跟我一組？

一般來說，應該會選雛海吧？

這傢伙……究竟在打著什麼算盤啊？

◇◇◇◇

跟雛海她們分開後，經過二十分鐘左右——

我和草柳已經採買結束，在跟雛海她們約定的集合時間到來之前，我們決定在購物中心內隨意逛逛打發時間。

草柳走得稍微前面一點，我則跟在後面。

雖然看起來應該很像大鴨帶小鴨，但我和草柳之間並沒有對話。

周圍人聲鼎沸，我們之間卻一片寂靜。我本來就不想跟他說話，打算就這樣保持沉默。

話說回來，為什麼會變成這種發展？

草柳幹嘛突然講出那種話啊？對他來說，跟雛海在一起應該比較好才對。

我不懂這傢伙的盤算。他有什麼目的？是想要把我跟雛海分開嗎？

不，我今天並沒有跟雛海說到多少話，也不記得自己做過會引起嫉妒的事情。

難道是我和古井同學的作戰計畫被發現了嗎？

這個可能性絕對很低吧。依照古井同學的個性，不可能出現失誤。

哎，搞不懂！為什麼突然做出這種事？

正當我陷入沉思之際，草柳冷不防地開口說了。

「慶道同學，方便說句話嗎？」

「……咦？」

「慶道同學你……對九條同學有什麼想法？」

「什麼？」

聽到草柳這麼說，我立刻反問回去。

不不不，他在說什麼啊？

我不自覺地停下腳步，但草柳照樣說了下去。

「抱歉，你明明跟佐佐波同學聊得很開心，我卻提出這種提議。可是，九條同學不時會暗自偷偷地看著你，讓我有一點在意。該不會你們其實私底下在交往吧？」

草柳說得沒錯，雛海不安地注視過我幾次。

我不知道雛海為什麼會這樣。

不過，有一件事我很確定。

「並沒有……我和雛海不是情侶，只是朋友。」

沒錯，我和雛海並沒有在交往。

而且雛海有喜歡的人了，不可能對我有意思。

我說完，草柳就露出安心的表情。

「這樣啊，那九條同學現在沒男友吧？」

「應該沒有男友。我們從入學時就待在一起，我沒聽她說過那種事。」

「太好了，我本來還很擔心你們要是在交往該怎麼辦呢。」

草柳是心懷不軌才想追雛海，所以有男友會很麻煩。要在後夜祭跳舞會變得比較困難，也沒辦法告白。

執行草柳的祕密計畫時，男友的存在會構成莫大的阻礙。

「你喜歡雛海嗎？」

我這麼一問，草柳就揚起嘴角，自信滿滿地這麼說：

「嗯，非常喜歡。跟九條同學重逢時，我就確定了一件事，那就是我和九條同學是註定要在一起的。所以我想跟她交往，我是真心喜歡她。」

聽到這番話，我不由得用力握緊拳頭。

誰要喜歡誰是每個人的自由，但草柳撒謊欺騙雛海。而且不只是她，其他人也被蒙在鼓裡。

這種傢伙怎麼有臉輕易地說出剛才那番話？你才沒有資格喜歡雛海。

「我問你……你真的是當時救人的男學生嗎？要是有其他人站出來說自己才是本人，你要怎麼辦？」

可能是對草柳燃起怒火，導致我忍不住問了這種問題。草柳是利用本人沒有出面承認身分這一點，偽裝了自己的本性。

所以救人的男學生本人如果出面承認身分的話，他會怎麼做？

我想知道他的答案。

「慶道同學你……在懷疑我嗎？」

「不、不是，我沒懷疑你。只是沒有關鍵證據能夠證明你是本人，所以……」

「原來如此，的確是這樣。但我就是本人啊，當時是我奮不顧身地救了九條同學。」

「……這樣啊。我明白了。」

「慶道同學跟九條同學很要好，才會反而對我產生懷疑吧。不過請你放心，我就是本人，是從地鐵隨機殺人魔手中救下九條同學的男學生。」

「知道了……」

我沒有當場反駁，就這樣接受了他的這番說詞。要是不小心爭論起來會很麻煩，而且被草柳察覺到我的真實身分就完蛋了。這時候沉默地點頭才是聰明的做法吧。

「那差不多該回去了，集合時間快到了。」

「好，走吧。」

「嗯，九條同學和佐佐波同學可能在等我們。」

我跟在草柳後面，前往集合地點。

雛海她們可能也採買完東西，已經在等我們了。我們稍微小跑步起來，過去找她們。

途中，我再次如此心想……

絕對不能把雛海交給這種傢伙。

在地鐵拯救美少女後
默默離去的我，
成了舉國知名的英雄。

第十一話 雛海的家人

「哎呀～好累喔～大家辛苦啦～」

在星林高中的正門前，友里用力地伸著懶腰。

我們剛剛才把買好的東西交給華老師。這樣今天的工作就結束了，四個人終於可以離開學校。

現在已經超過晚上六點，經過了不少時間。都這麼晚了啊。

畢竟從上午就在做準備，幾乎要耗盡了體力。

腳步有點沉重，我感到很疲憊。

「大家辛苦了，今天的工作已經結束，回家吧。」

草柳向我和友里笑了笑後，靠近雛海，接著——

「那九條同學，我們走吧。」

他攬住雛海的腰，又開始黏著她。

草柳緊貼著雛海，簡直像是不讓她逃跑，也不容別人阻撓似的。

對於他的行為，雛海也露出困惑的神情。她看起來有點抗拒，但依照她的個性，應該沒辦法拒絕吧。

草柳這傢伙，因為採買東西的時候受到阻撓，現在竟然想趁回家時下手。

「所以說，雛海要跟草柳同學一起回家啊。那涼就跟我走吧！正好附近有間我想去的時尚咖啡廳～你有空的話，我們一起去吧！」

得知草柳和雛海要一起回家的瞬間，這次是友里把我抓住。

時、時機太差了吧……

我很高興她約我，但一樣不該是現在約啊！

為什麼時機總是這麼不湊巧！這下雛海真的要變成草柳的人了！

「嗯？涼你怎麼了？臉色有點差耶。」

「咦？沒、沒啦，我沒事。」

「這樣啊，那我們一起走吧！」

「佐佐波同學和慶道同學好像也決定好了，那我們就這樣解散吧。時間很晚了，我送妳去車站，九條同學。」

草柳幾乎是強行拉著雛海，往車站的方向走去。

「那我們是反方向，走吧，涼！」

繼草柳之後，友里也拉起我的手臂。

唉，這下完了。跟雛海的距離變得愈來愈遠。

再這樣下去，草柳就會得逞。

可惡，我要怎麼做？我該怎麼做？

正當我感到不知所措之際——

我和往反方向走去的雛海一瞬間四目相交。而在看到她的眼眸時，我身體深處也產生一股衝動。

這時候任草柳離開的話，不知道她接下來會遭到什麼對待。如果有個萬一，我也沒辦法趕過去救她。

要是不想點辦法，未來的我一定會後悔！

「啊！等一下！」

出於想要保護雛海的心情，我不自覺地脫口說出這句話。

但既然說出口，那就只能上去一拚了。我要展開行動！絕對要打破這個局面！

「那個……其、其實我和雛海等一下有點事情，已經約好一起回家了，所以很抱歉！」

我說出靈機一動想到的藉口後，離開友里，抓住雛海的手，然後——

拉著雛海跑起來，逃離這個地方。

「小涼？你突然怎麼了？」

耳邊傳來雛海對突如其來的發展感到困惑的聲音。

但即使如此，我依然沒放開手，不斷跑著。

與其放任草柳為所欲為，我丟個臉還比較好。

「抱歉，雛海！妳陪我一下！」

我露出認真的神情，雛海看到我的眼睛後，臉龐微微泛紅，垂下了頭。

「咦？好、好的，我知道了，小涼。」

雛海在這之後不發一語。我們兩人一起飛快地奔跑著。

奇怪了？雛海的手是不是在發燙？

畢竟在跑步，體溫當然會升高。我沒怎麼放在心上，繼續拔腿狂奔。

不過，當我們逐漸遠離星林高中的途中……

「那兩人果然感情很好啊～」

我隱約聽見友里這麼說道。

◇◇◇◇

「呼……呼……呼……抱、抱歉，雛海，突然要妳跑起來。」

跑到看不見草柳和友里的地方後，我們停下腳步。

由於跑了滿長一段距離，肺部正在發痛。可能是今天一整天都在做準備，全身相當沉重。因為這個緣故，明明沒有跑到太遠的地方，卻消耗了大量體力。

「沒、沒關係，小涼你別在意。」

「真的很抱歉，害事情變成這樣……」

按照剛才那種情況，草柳鐵定會對雛海出手。

為了阻止他，我只能這麼做。

或許還有其他對策，但我現在只想得到這種辦法。

「不過，你突然間是怎麼了？跟草柳同學發生什麼事了嗎？小涼不可能無緣無故做這種事吧。」

「嗯，這個嘛，就是……我、我今天想跟妳一起回家！妳、妳想想嘛！我們最近很少兩個人待在一起。所、所以就這麼做了，啊、啊哈哈哈哈！」

我冒著冷汗，拚命游移著眼神。

因為是臨時起意這麼做的，我想不到好藉口！

糟糕，要是她覺得我是個怪咖該怎麼辦？

啊！好想要古井同學那樣的頭腦啊！

但至少我沒有說謊，這樣或許還沒那麼糟。就某方面來說，為了讓雛海跟草柳分開，我確實是想跟她一起回家。

「原、原來是這樣呀，我有點開心呢，耶嘿嘿。」

我還以為雛海一定會用奇怪的眼神看我，她卻欣喜地露出竊笑。

這、這是怎樣？超級可愛的啊！

不行不行！再看下去感覺要失去理智了。

這時候就看看天空吧。

「咦？你怎麼在看天空呢？」

也許是看到我不自然地撇開臉而感到疑惑，雛海猛地湊過來凝視著我。

我們之間的距離只剩二十公分。

即使移開視線，雛海身上的香氣還是刺激著我的嗅覺啊！

咦，這股甜香是怎麼回事？

今天一整天都在勞動，應該流了不少汗水。但為什麼她還是這麼香呢！

「小涼你沒事吧？臉色很差呢。」

「咦？哦，我、我沒事！只是看著天空發呆而已。總、總之我們走吧！」

「說得也是，呼吸也平復了，走吧！」

好險。邊走邊聊的話，心情就會緩和下來吧。

我們就這樣並肩走向車站。

夕陽藏進地平線的彼端，取而代之的是夜色降臨。

運動會前一天就發生了一連串風波啊。

草柳和雛海要一起去採買東西，我打算阻止他們的時候，友里又跑出來。全是些出人意料的發展。

這下真的難以預測明天會發生什麼事。只能祈禱一切會按照古井同學的策略進行了。

「好像很久沒有兩個人一起走路了呢，小涼。」

「對啊，的確是這樣。」

雛海說得沒錯，最近我們兩人連獨處的時間都沒有。上學時有友里她們，準備運動會的期間還有草柳。

因為這樣，我和雛海的距離變得有點遙遠。

「小涼很討厭草柳同學嗎？」

「嗯？為什麼這麼問？」

「草柳同學在附近的話，你看起來就會不太開心。準備運動會的期間也很少看到你跟他說話。而且今天去採買東西時，你感覺對他有點抗拒。」

「沒、沒有那種事啦……話說妳最近很常在看我呢。」

我這麼一說，雛海便突然慌亂地揮舞起雙手。

「咦咦？哪、哪有，我沒那麼常在看你啦！只是不時會好奇看一下你在做什麼而已！真的是巧合！」

「是、是喔……這樣啊。」

那就不能說是巧合了吧？

要是現在拋出這個疑問，雛海大概會陷入驚慌，所以就放在心底吧。

「小涼剛才突然跑起來雖然嚇到我了，但謝謝你讓我們有單獨相處的時間。不知道為什麼，小涼在身邊的話，就會有股不可思議的安心感。」

雛海忽然小聲這麼說道，令我不由得心跳加快。

雛海的個性和外貌都毫無挑惕之處。聽到這麼優秀的人對自己說出剛才那種話，整個人都會雀躍起來。

啊，不行不行。懷抱過度的期待也不好。

雛海剛才那番話，應該只是出自朋友的角度。

我可不想隨便抱有期待而空歡喜一場。

「我很高興聽到妳這麼說。那、那個……我有一件事想要問妳，可以嗎？」

我在這時候改變話題。

終於只剩我們兩個了。我要趁現在聽她親口說出現在的心情，以及對草柳抱有什麼想法。

「嗯，怎麼了？」

「……是關於草柳的事情，妳相信那傢伙所說的話嗎？」

「咦？」

雛海臉上出現幾絲憂愁。

站在雛海的立場，應該會覺得我在懷疑草柳，也就是她的救命恩人吧。

他們好不容易才見到面，我問這種問題可能很失禮。或許不該問的。

儘管如此，我還是想知道雛海此刻的心境。

如果她已經喜歡上草柳，那我除了主動坦承身分以外，大概找不到其他辦法了。

但要是還沒有喜歡上，就存在著可能性。我想要先確認這一點。

面對我的問題，雛海沉默幾秒後，緩緩抬起頭，看著天空答道：

「……坦白說，我也……不知道。」

「不知道？」

「嗯，草柳同學是個非常好的人。既溫柔又聰明，也很擅長運動。而且還曾經保護我不受隨機殺人魔傷害。對我來說，他是救命恩人。我想一直待在他身邊，想多多跟他聊天。可是……內心總覺得怪怪的。」

「怪怪的？怎麼個怪法？」

「我也說不上來，很難以言喻，就是……有個疙瘩在那裡。跟救命恩人重逢明明很開心，卻又抱著一股負面的情感。」

「負面的情感啊……」

「無論如何就是覺得不太對勁。我對他的背影一點印象都沒有，感覺一次都沒看過。距離那起事件已經過了一段時間，也有可能單純是我忘記了。」

「原來如此。」

依照雛海的個性，她不太會懷疑別人，是別人說什麼就相信的類型。

所以她沒有懷疑草柳在撒謊。

正因為是開朗純真的女孩子，才會陷入兩難之中吧。

但我有點安心了。

萬一她喜歡上草柳，根本沒勝算。

既然雛海還沒有整理好心情，那就還有努力的空間。說不定她會在途中有所察覺。

這樣一來，就是我和古井同學的勝利。遊戲還沒有結束。

「所以呢，我打算明天運動會要問他一個我一直很想問的問題。」

「想問的問題？」

「嗯，知道他是恩人的時候太高興，不小心就忘記問了。我想在明天運動會找時間問他。」

「這樣啊，妳要問什麼？」

「就是……」

雛海正要說話之際——

叭叭——！

背後冷不防響起汽車喇叭聲，劇烈刺激著耳膜。

咦？突然怎麼了？

我們是走在人行道上，並沒有做出會被叭的事情才對。

我如此心想，於是回頭一看，映入眼簾的是一輛全白的轎車，以及坐在駕駛座上的年輕女性。

車子是非常普通的車型，不過開車的女性感覺似曾相識。

看起來應該二十幾歲，漂亮得驚人。

她的臉蛋很小，五官精緻，不會輸給知名女演員。而且留著一頭長髮，很有大姊姊的氣質。

但是，我還是覺得有在哪裡看過那張臉。長得跟誰很像……

正當我盯著女性的臉龐之際，旁邊的雛海出聲了。

「啊！媽媽！妳怎麼在這裡？」

……什麼？

咦，等等，她剛才說什麼？

我聽到她說「媽媽」，是錯覺嗎？

畢竟那個女性駕駛不管怎麼看都只有二十幾歲，不可能是母親吧。

儘管我這麼想，但現實跟雛海說的一樣。

被叫做媽媽的那個女性打開副駕駛座的車窗，說道：

「雛海，歡迎回來！媽媽現在也工作完要回家，要上車嗎？」

「嗯！謝謝妳，媽媽！」

啊，她果然是喊了媽媽。確實是喊了媽媽。

咦？這是怎樣？所以這個年輕漂亮的女性是雛海的母親嗎？

騙人的吧！

這麼年輕漂亮的大姊姊竟然是媽媽？

九條家的基因是怎麼回事？還有，為什麼雛海的媽媽會在這裡？

第十二話　雛海的家

不管誰來看，都會覺得這個人是大姊姊吧？

雖然她應該有化妝，但就算如此，還是很不像我媽媽那一輩的人。

本來覺得好像在哪裡見過她，結果竟然是雛海的母親。

雛海這麼可愛的原因終於真相大白了。

她的精緻容貌是深深遺傳自母親。

母親還真是厲害啊。

「媽媽，妳平常都是走這條路回家嗎？」

「不是喔～我今天去正在促銷特賣的超市，又去托兒所接蜜柑，所以難得走這條路。倒是雛海妳怎麼弄到這麼晚呀？」

「我在為明天的運動會做準備！途中被派去採買東西才會比較晚回家。」

「這樣呀～原來如此，我懂了。對了……」

雛海的母親將視線移向我，四目相對後，不知為何勾起一抹竊笑。

她露出愉快的神情，這麼說道：

「旁邊的男孩子……是妳的男朋友嗎？」

「不、不、不、不、不是啦，媽媽！我、我跟他根本沒有在交往！」

好，雛海強烈否認了～一秒都不到就否認了～

不過，被懷疑跟我這種人交往，當然會立刻否認吧。

畢竟我念國中時，因為眼神很凶，女生們都很怕我。

還有女生只是座位被分配到我隔壁就很沮喪。一想起心酸的國中時期，眼淚都快流出來了。

「媽、媽、媽、媽、媽、媽媽！旁邊是我的同班同學小涼啦！是、是很普通的關係！」

雛海滿面通紅地說出這番話。

她的母親見狀，張大了嘴巴放聲笑起來。

「啊哈哈！雛海妳怎麼啦？難道是害羞了嗎？」

「才、才不是呢！」

「雛海真的很好懂耶～身為母親，能生出這麼單純可愛的女兒，真是太值得驕傲了。」

「不要捉弄我了啦！」

雛海鼓起臉頰，瞪著母親。

一般人如果做出跟雛海一樣的動作，應該看了就會知道在生氣。

但是，雛海是「千年一遇的美少女」。連生氣的表情都很可愛。

那可愛的模樣不會輸給偶像。

「哦！雛海表情不錯喔～好，就這樣維持住，我馬上給妳拍一張。」

「幹嘛拍照啦？媽媽這個笨蛋！」

「不要那麼生氣嘛～讓人家幫可愛的女兒拍張照。」

「沒必要現在拍吧！」

「是是是～」

也許是對雛海的反應感到滿足了，母親的視線再度回到我身上。

「呃，你是小涼吧？不介意的話，要不要一起上車？」

「……咦？我嗎？」

「嗯。啊，難道你很容易暈車嗎？」

啊，我並沒有聽錯。

原來如此，我現在是被邀請一起去兜風嗎？要跟那個「千年一遇的美少女」和她的母親共乘一部車嗎？

感覺很開心呢——才怪！她很自然地開口邀我上車了耶！

「怎麼啦？從剛才就僵住不動。」

見我沒有反應，雛海母親一臉擔心地注視著我。

那雙注視著我的眼眸跟雛海一模一樣，有股攝人心魄的不可思議魅力。要是凝視十秒左右，任何男人都會忘記她是一個母親，忍不住動心吧。

「啊，那個……我是很喜歡坐車，但為什麼要載我？」

「哎呀～只載雛海回家的話，你很可憐耶～你也一起上車吧？我可以送你回家喔。」

「呃，可是，這樣太麻煩您了。」

「不會啦～我對你可是很感興趣呢，想跟你聊聊天。來，上車吧。」

「咦？啊，好、好的。」

我被雛海母親說服，讓她載我一程了。

這時候就乖乖聽話上車吧。不過，剛才那句話是怎樣？

她為什麼……

——很感興趣呢。

要說這句話啊？

我一邊如此心想，一邊握住後座的門把，緩緩打開。只見裡面坐著一個四歲左右的小女孩。

她臉蛋小小的，留著褐色中長鮑伯頭。眼睛像娃娃一樣圓滾滾的，臉頰澎潤飽滿。

怎麼會有個可愛的小孩子？

啊，這麼說來，剛才有提到去托兒所接小孩的事情。

所以這孩子是雛海的妹妹嗎？

雖然還很小，但看得到雛海的影子。這孩子長大後應該也會很可愛。

正當我在思考這種事情時，就跟雛海的妹妹四目相對了。她歪起頭，朝駕駛座的母親說：

「媽咪～有奇怪的人上車了～他是誰～？」

咦？我被當作怪人了。

被幼小純真的孩子這麼一說，內心還滿受打擊的。我看起來有那麼奇怪嗎？

「真是的，蜜柑，不可以講這種話，那是雛海的朋友。」

「雛姊姊的朋友？」

「沒錯～是姊姊的朋友喔。」

雛海的妹妹——蜜柑再度盯著我看。從她的眼神中，我感覺到她在催促我介紹一下自己。

「呃，我叫做慶道涼。請多指教，蜜柑。」

我盡可能露出討小孩子喜歡的笑容。於是，蜜柑也笑咪咪地點了一下頭。

「我叫做蜜柑！請多指教！雛姊姊的夫婿！」

「嗯，蜜柑，請多指教——喂！妳剛才說什麼？」

我立刻回問。後面的雛海也驚呼：「蜜柑，妳剛才是不是講了奇怪的話？」

對此，蜜柑張大嘴巴，慢條斯理地再次說道：

「我說雛姊姊的夫、婿！」

「『才不是呢！』」

我和雛海同時吐槽。

到底為什麼老是被誤會成情侶、未婚夫之類的啊……

而且蜜柑還在念托兒所吧，從哪裡學到夫婿這種詞彙的。

雖然雛海對蜜柑所說的話感到氣呼呼，但我沒辦法對一個小妹妹生氣，就這樣坐進了後座。雛海也跟在後面鑽進車內。

「呃，那就麻煩您了。送我到附近的車站就好。」

我向坐在駕駛座的雛海母親打了聲招呼，就在這時——

「咕嚕～」

我的肚子不知為何發出丟臉的聲音。

竟、竟然在這個時間點響起肚子餓的信號？太丟臉了！

「啊哈哈哈！怎麼啦？小涼肚子餓了嗎？」

「是、是的……因為今天一整天都在外面做事情。」

「原來啊～這樣的話，多多少少會累，肚子也會餓嘛～啊，那麼，小涼。」

「是？」

「要不要來我們家吃飯？」

「不不不！這樣太打擾了！你們家人一起吃比較好！」

我全力拒絕，但還是無法阻止雛海母親，反而讓她變得更熱情了。

「啊～那你不用擔心！其實呢，今天老公和二女兒都說不會回來吃晚飯。我是買完東西才接到聯絡的。食材買太多了，你就來一起吃吧？拜託了！」

「那、那個……」

我不由得支支吾吾起來。看我這樣，雛海母親大概是準備來個致命一擊，她用眼神對雛海和蜜柑示意著什麼。

「蜜柑和雛海也覺得可以吧？」

「好呀！我想跟雛姊姊的未來夫婿吃飯！」

「我、我也沒問題。是說，蜜柑！妳剛才又講了一次吧！我們還不是那種關係啦！」

如同眼前所見，蜜柑和雛海都一口答應了。

這一家人太友善了吧。

逃、逃不掉……我已經無路可逃。這下是絕對沒辦法了。

「你的決定呢？這裡所有人都贊成就是了。」

「我、我明白了。那就承蒙您的好意，去府上用餐。」

「知道了～！好，出發吧。」

面對表情充滿自信的雛海母親，我只能完全屈服。

此外，我才剛回應完，車子就緩緩發動，然後奔馳起來。

接下來竟然要去雛海家，跟這裡所有人一起吃飯啊。

真是太難以置信了。

但拜託了，千萬不要發生莫名其妙的問題。

神啊，請祢保佑我吧！

第十三話 約定

「我回來了～」
雛海的母親——優姬小姐打開自家的大門，直接走進玄關。
我們剛抵達雛海的住家。
雛海家有寬廣的庭園和停得下兩台車的停車場，而且占地面積是一般住宅的將近兩倍。
不、不管怎麼看都很貴啊。既寬闊又雄偉，窗戶也很大。
真、真是驚人……真希望我家也有住得起這種豪宅的經濟能力。
「好了，快進來吧，小涼。你可是客人。」
「啊，好的。」
我聽優姬小姐的話，在玄關脫掉鞋子，就這樣踏進九條家裡。
在走廊上稍微走幾步，率先映入眼簾的就是不曉得到底有幾坪大的寬闊客廳，以及位於較為深處的廚房。
客廳有足以環視整個庭園的大窗戶。不僅如此，還有上百吋的電視，以及五個人來坐也綽綽有餘的沙發。

跟我住的地方是屬於不同的次元……這個高級住宅是怎麼回事？

這個家豪華到讓我啞口無言。雛海的父親究竟從事的是什麼工作啊？

「雛海～妳帶蜜柑去洗澡，我趁這個時候煮飯。」

「好～媽媽。那蜜柑，我們去洗澡吧。」

「好呀！」

雛海和蜜柑就這樣離開客廳前往浴室了。另一方面，優姬小姐則走向廚房，準備煮晚餐。

只剩我和優姬小姐留在這個寬闊的客廳和廚房裡。

我感到有點尷尬。跟初次見面的朋友母親獨處啊。該說什麼才好？

在別人家放鬆休息也很奇怪，但也想不到能夠排解無聊的事情。

我靜靜地在沙發上坐下，暫時不說話。

這時，優姬小姐大概在廚房開始準備晚餐了，聽得到切菜的聲音。

優姬小姐一邊做菜，一邊跟沉默的我聊起天來。

「小涼，你跟雛海很要好嗎？」

「咦？嗯，我們很要好，從入學第一天就認識了。」

「這樣啊，那真是太好了。她難得交到男性朋友，我有點放心了。」

「放心嗎？」

「嗯，偷偷告訴你一件事，雛海她很常提到你喔。像是今天在學校交到了這樣的朋友，還有在隔宿露營受到了鼓勵等，我聽她說了很多事情。」

「雛海提到我……」

「她總是講得很開心呢。」

優姬小姐切完菜後，接著開始用平底鍋炒肉。

滋滋——！我聽到煎肉的聲音。與此同時，勾起食慾的香味讓我的肚子更餓了。

「聽雛海說著那些事，我忍不住就對你產生了興趣。所以想要在見到你的時候多聊聊。」

「因為這樣才邀請我來吃晚飯的嗎？」

「答得漂亮。不過，有一部分原因是看你肚子餓，想請你吃頓飯這樣。」

大概是炒好肉了，優姬小姐放下平底鍋。接著，她不知為何露出竊笑，用手遮掩住嘴巴。

「所以呢？老實說吧，你覺得我那可愛的女兒怎麼樣？」

「……咦？」

要是回答得不好，接下來的氣氛一定會變得很尷尬啊！話說她也問得太直接了吧！

「害羞個什麼勁呀～！大方講出來吧？有被迷住嗎？」

「您到底有多想炫耀雛海啊……」

「那還用說～養出那麼優秀的女兒，當然會想炫耀呀。所以呢、所以呢？你的真實想法是什麼？我家女兒有包含在你的戀愛對象裡面嗎？符不符合你喜歡的類型？」

「這、這個嘛……」

我拚命游移著視線，優姬小姐則雙眼亮晶晶地送來熱切的眼神。

逃、逃不掉。這下絕對是無路可逃吧！

「怎麼樣、怎麼樣？你對雛海有什麼感覺？希望你能回答我～就當作是晚餐的費用。」

呃，我的確是來這裡吃免費的晚餐，必須好好謝謝人家才行……

但代價竟然是這個嗎！可惡！看來我只好回答了！

「那、那個……我覺得她非常可愛。個性溫柔，待人也親切，很完美的一個人。」

我說完，優姬小姐背後就發出充滿喜悅的神祕光芒。

哇，好耀眼！那道光芒和那張笑臉是怎樣？到底有多開心啊？

我現在看得見，看得見優姬小姐周遭寫著「好高興～！」和「萬歲～萬歲～！」之類的文字。

第十三話

約定

「我真高興聽到你這麼說！小涼很有眼光呢～雛海真的是很值得我驕傲的女兒～有那麼穩重又懂得照顧人的大女兒在，也讓二女兒美波和三女兒蜜柑都成了好孩子。」

「這樣啊，您能高興真是太好了……」

在這之後，我和優姬小姐也閒聊著打發時間。

像是最近的學校生活，還有明天的運動會。再來就是隔宿露營的事情。

而在雛海她們去洗澡後，經過二十分鐘左右。

事情發生了。

「媽咪～！我洗好了～！」

房子另一端傳來蜜柑那開朗的聲音。

她在走廊上跑步嗎？「咚咚！」地用力踩地板的聲響逐漸靠近。

「媽咪～！妳看妳看！」

蜜柑這麼說著，跑到客廳，也就是我和優姬小姐面前，開心地秀出自己現在的打扮。

看到剛洗完澡的蜜柑，剎那間，我不由得說不出話來。

因為她……

「我用雛姊姊的內褲模仿假面實況主！很像吧！」

蜜柑頭上戴著純白內褲，在我們面前擺出類似戰隊英雄的姿勢。

如果蜜柑說的是真的，那她現在戴在頭上的那條內褲就是……雛海的東西。

一個四～五歲的天真無邪小女孩，頭上戴著女高中生在穿的純白內褲。

這、這、這該怎麼回應才好啊？

我看到不該看的東西了啊！

我臉龐發燙，但還是立刻用雙手遮住眼睛，不去看她。

順道一提，蜜柑說的「假面實況主」是以年輕人為目標客群的連續劇。描述一個男高中生出於某些原因而需要錢，便戴著面具開直播，以免被學校發現。收視率還滿高的，是學生們最近都在討論的話題。大概是雛海在客廳看電視的時候，被蜜柑偶然撞見了吧。

蜜柑年紀還小，看到喜歡的事物就會想立刻模仿。但用雛海的內褲來重現是不行的吧……找點像樣的東西來模仿啦。

正當我如此心想，就聽到「砰砰砰砰！」地挾著驚人氣勢接近而來的腳步聲。可能是很著急，聽得出來她踩地板的力氣很大。

然後，在抵達客廳的瞬間——

「啊！真是的！妳在幹什麼啦？」

繼假面實況主之後，雛海的怒吼聲接踵而至。

雖然我用雙手遮著眼睛，但還是稍微打開一點空隙，偷偷瞧著蜜柑的方向。

只見那裡……

有個戴著內褲的小女孩，以及用浴巾裹住全身、一頭濕髮還沒吹乾就跑過來的「千年一遇的美少女」。

或許是剛洗完澡的緣故，雛海的肌膚泛著淡淡的粉紅色，還有水珠從濡濕的髮尾滑落下來，滴到地板上。

微微泛紅的肌膚與濡濕的髮絲。沐浴乳的香氣飄過來，刺激著鼻子。

而且這個剛洗完澡的女高中生只裹著一條浴巾。

糟糕，這絕對不能看！就這樣直視下去鐵定會失去理性啊！

不行不行！這根本是破壞男人的兵器吧！

我感覺到自己的理性瀕臨崩潰的危機，立刻堵住空隙，閉上雙眼。

「雛海妳幹嘛裹一條浴巾就過來了啊？」

「對、對、對、對不起，小涼！蜜柑她突然衝出去，我一時太慌張了！」

「總之妳快點把蜜柑帶去房間！這種狀況是不行的吧！」

「我、我、我、我、我立刻帶她過去！蜜柑竟然做出這種怪事！真的非常抱歉！」

雛海雖然這麼說，但可能是覺得很害羞，整個人語無倫次。

「好、好、好了，蜜柑！快點去我房間！不准再模仿假面實況主了！」

「咦～有什麼關係～模仿假面實況主很好玩耶～」

「夠了！」

「不～要～！媽咪～！救～救～人～家～！」

最後留下這句話，蜜柑和雛海的氣息就從客廳消失了。接著便聽到她們兩人走向房子另一端的腳步聲。

結、結束了嗎……

「優姬小姐，蜜柑真的是個好孩子嗎？」

「畢、畢竟蜜柑年紀還小嘛。她真的是個好孩子，只是有時候會做出令人意外的舉動。但真的是個好孩子啦……啊哈哈哈哈！」

總覺得……雛海的家人以各方面來說都很有特色。

◇◇◇◇

「哇～這個紅茶真好喝。雛海，我還是第一次喝到這麼好喝的紅茶呢。」

「太好了！這個紅茶是我的最愛喔，很好喝吧！」

第十三話
約定

我享受著花香，慢慢啜飲紅茶。

吃完優姬小姐做的晚餐後，我現在跟雛海一起坐在沙發上休息。

優姬小姐剛才說「喝杯紅茶好好放鬆吧」，將我平常應該喝不到的昂貴紅茶端了上來。

我完全愛上了這股花香與含在口中的獨特甘甜。

優姬小姐在洗碗盤，至於蜜柑則不知為何心情雀躍地離開客廳，不知道去了哪裡。

吃完人家準備的晚餐，我本來想要幫忙洗碗盤，但被優姬小姐趕出來了。

她說不能讓客人做這種事，要我好好休息。

儘管有點不好意思，我還是決定接受她的好意，坐在沙發上消除今天的疲勞。

這張沙發非常好坐，觸感很舒服。感覺會就這樣睡著。

這時，坐在旁邊的雛海就扭扭捏捏了起來，瞥了我好幾眼。

怎麼了？她看起來似乎很害臊。

「那、那個……小、小涼……剛才的事情……」

「剛才的事情？」

「沒、沒錯，就是蜜柑的事情……」

「哦，那件事啊。我不會說出去，也沒放在心上，妳就放心吧。」

「真、真的嗎？」

「嗯，只是發生得太突然，讓我嚇了一跳而已，並沒有介意。」

「這、這樣啊，太好了，那我就稍微安心了。」

雛海揚起嘴角，整個人看起來開朗了些。

雖然被蜜柑引起的突發事件耍得團團轉，但該怎麼說好呢？

這讓我發現雛海一家人的感情非常好。

所以，我一點不舒服的感覺都沒有，反而還有些愉快也說不定。

「感覺雛海的家每天都很快樂呢。」

「是嗎？我們平常就這樣。」

「很熱鬧耶，真好。我妹妹對我可是很冷淡的。」

「咦！真的嗎？你們吵架了嗎？」

「沒有啊，兄妹通常都是這樣吧。」

「原來呀，我有點意外呢。如果我是小涼的妹妹，一定會覺得你很可靠。」

「咦？會嗎？」

「小涼很靠得住喔，跟你在一起會很安心。」

雛海雙眼晶亮，捲著髮尾這麼說道。

聽到她這麼說，我有點開心，忍不住獨自竊笑起來之際——

第十三話

約定

「好的～各位，那邊的那對年輕男女據說是已經訂婚的關係！這次要針對年輕夫妻進行貼身採訪！」

只見蜜柑一手拿著玩具麥克風，出現在我們面前。

這是怎麼回事？她這次要模仿記者採訪嗎？

剛才她心情雀躍地離開客廳，原來是去拿麥克風啊。

蜜柑帶著閃閃發亮的眼神，朝我遞出麥克風。

「那麼，首先來請教未來夫婿！」

嗯，但我並不是夫婿就是了。

「你喜歡雛姊姊哪一點？請說出你的想法！」

「蜜柑！妳又把小涼捲進奇怪的遊戲裡了呀！」

雖然雛海斥了蜜柑一聲，但她依然繼續說下去。

「原來如此、原來如此，看來夫妻倆的感情非常融洽呢！」

為什麼能從剛才的對話得出這個感想？我什麼都還沒有說耶。蜜柑的腦袋裡到底都裝了些什麼啊？

「那麼，下一個問題！請問你喜歡羊栖菜嗎？」

「「為什麼突然問起羊栖菜啊？」」

我和雛海異口同聲說道。

不行，完全搞不懂蜜柑的思維。難道她喜歡羊栖菜嗎？

「順便說一下，我很討厭！」

「「那就更搞不懂妳問這個幹嘛了！」」

我和雛海今天第二次同時吐槽。

這下我終於明白了。蜜柑絕對是少根筋。她長大後，一定會是每個班上都會有的那種思路奇特的孩子！

「妳在問什麼莫名其妙的問題啊，蜜柑？」

收拾完東西的優姬小姐走到蜜柑旁邊，輕輕用拳頭敲了她一下。

「啊，媽咪，我在採訪未來的夫妻～」

「那妳為什麼要問那種怪問題呢？問正經一點的問題吧。」

「咦～那樣會很無聊耶～」

「蜜柑真的很難捉摸呢。」

優姬小姐深深嘆了一口氣，話鋒從蜜柑轉向我。

「小涼，時間差不多了，我開車送你到最近的車站吧？太晚回家你爸媽會擔心的。」

我拿出手機查看現在的時間。

然後就發現不知不覺已經超過晚上九點了。

雖然想再多待一下，但待太久的話，雛海她們也沒辦法好好休息。

「說得也是，我該回家了。謝謝您招待我這麼好吃的一頓飯。」

「嗯，隨時都可以再來我們家玩喔，非常歡迎你來。好了，蜜柑，人家要回家了，這時候要說什麼？」

聽到優姬小姐這麼說，蜜柑笑咪咪地揮起手來。

「拜拜～涼哥哥！下次要再來玩唷～！」

小孩子真的很可愛。既單純又充滿活力，看到那張笑臉就會自然而然地受到療癒。

「嗯，那我走了，蜜柑，下次再見。」

「好！」

「雛海，今天謝謝妳，我很開心。」

「嗯！我也非常開心！很久沒有跟你好好聊天了，真是太好了！明天的運動會一定要玩得盡興喔！一起創造很多回憶吧！」

雛海眼睛含笑，擺出握拳的勝利姿勢。她笑得很快樂、很開心，散發耀眼的光芒。

看到那張笑容，就知道她有多麼期待、有多麼盼望。

「就是說啊，一起玩得盡興吧。那明天見。」

「嗯！明天見唷！」

聽完雛海這句話，我就離開九條家，坐進車子。

◇◇◇◇

跟雛海她們道別後，我坐在優姬小姐開的車子上，經過十分鐘左右。

我坐在優姬小姐隔壁，也就是副駕駛座，不過我們沒聊什麼。

她剛才表情還很開朗，但開車時臉色就變得相當嚴肅。

周遭一片黑暗，要是有人突然衝出來，會有撞到的危險。所以她才會表情一變吧。

我如此心想，沒有說話。

取而代之的是廣播節目在我和優姬小姐之間不停說話。最近很紅的藝人在談論這陣子發生的案件和事情，還有時事話題。

『那麼是下一個話題，擊退地鐵隨機殺人魔後，被視為英雄的神祕少年似乎終於身分曝光了！哎呀～總算是現身了啊。不僅如此，聽說那個少年和那個獲救的美少女要聯合舉辦運動會！這完全就是命運呢～唉～好想度過這樣的青春啊～』

談到英雄——草柳的話題了。

草柳大受矚目，也連帶讓雛海被籠罩在聚光燈下。

這種發展真是糟透了。而且草柳還是冒牌貨，倒不如說是反派。那是個只把女人當洩慾工具的人渣。

「草柳啊……真的是個可疑的傢伙呢。」

「咦？」

我還以為是自己下意識地說出了內心的想法。

但說話的不是我，而是優姬小姐。

站在雛海母親的立場，拯救女兒的草柳是英雄，應該很有好感才對，不然就太奇怪了。

儘管如此，為什麼？

為什麼……她會說出「可疑」這種話？

我向優姬小姐提出這個問題後，她這麼回答了。

「我覺得他可疑的原因啊……草柳確實是英雄沒錯，畢竟他拯救了我的女兒。但不知道為什麼，我就是沒辦法完全信任他，感覺有哪裡不太對勁。」

「不太對勁是指什麼意思呢？」

「雖然我現在過著家庭主婦的生活，但以前是在規模滿大的企業上班。跟形形色色的人談過生意，也有人事方面的經驗。所以我的雷達這麼告訴我——他是冒牌貨。」

優姬小姐筆直地注視著前方，神情認真地繼續說：

「我在想，為什麼從隨機殺人魔手中救了人，卻遲遲沒有出面承認呢？在我的推測中，救人的男學生可能有其他更重要的事情，所以才沒有出面承認。他並不想成為全國都認識的名人，這一點今後應該也不會改變。畢竟新聞節目都報導成那樣了，救的還是我那可愛的女兒，一般來說都會出面承認吧。」

好扯的推理能力……這個洞察力跟古井同學不相上下。

她以前上班時搞不好真的是很優秀的人才。

優姬小姐說得沒錯，我沒有出面承認是出於兩個原因。

第一個是我想要過著寧靜的學生生活。

而第二個則是受到以前沒能救到的摯友影響。

過去沒能拯救重要友人的我，不該被稱為英雄。

「講這種話可能會顯得個性很扭曲。但身為雛海的母親，我就是沒辦法放心。所以，我想草柳或許是冒牌貨。」

說完想說的話之後，優姬小姐大概是想改變一下氣氛，便向我露出笑容。

「抱歉，跟你講起這種事情。不過，我無論如何都想先告訴你。」

「咦？告訴我？」

「嗯，比起草柳，我更信任你，因為雛海很常提到你啊。我好久沒看到那孩子講異性的事情講得那麼開心了。看得出來她有多麼相信你。而且今天聊過之後，我就明白了。你……雖然我說不上來，但你是值得信任的。」

優姬小姐剛說完這番話，紅綠燈就轉紅，車子停下了。

與此同時，她的表情變得有些不安。

深深嘆了一口氣後，優姬小姐從擋風玻璃眺望夜晚的星空。

「不過，雛海最近產生了一些迷惘。」

「迷惘嗎？」

「嗯，她之前有個很在意的人，但最近才知道那個人跟自己的朋友宛如命中註定一般地久別重逢。他們好不容易重逢了，自己介入其中是可以的嗎？阻撓那兩人的關係是可以的嗎？正當她在煩惱這些問題時，草柳就出現了。」

「那雛海之所以產生迷惘是……」

「你猜得沒錯，她在草柳和本來很在意的人之間搖擺不定。雛海很常找我傾訴煩惱，所以我有點擔心女兒的感情生活。她的心境確實逐漸發生變化，我才會感到擔心。」

聽到優姬小姐這麼說，我想不到該怎麼回話。

原來是這樣啊，我完全沒有發現。雛海竟然在煩惱自身的戀愛……

不想阻撓宛如命中註定一般久別重逢的兩個人，但又不想捨棄喜歡著對方的心意。在她煩惱之際，草柳出現了。

草柳在這個時間點出現，對雛海來說就是宛如命中註定的重逢。

這是什麼發展啊？時機太差了吧。

從我的角度來看，簡直是糟透了。遭到別人擅自冒名頂替，朋友還快要被騙走了。

「所以，我有一件事想要拜託你，你願意聽嗎？」

「有事想拜託我？」

我一回問，優姬小姐就看著星空陷入沉默。獨留廣播節目的聲音播了片刻之後，她和緩地開口說：

「你今後能不能繼續陪伴在雛海身邊？」

「咦？我嗎？」

「嗯，雛海做事認真，既純真又很為他人著想，而且比任何人都還要溫柔，真的是令我打從心底感到驕傲的女兒。所以身為一個母親，我不能坐視那孩子受到傷害。如果變成那樣，就算只有一下子也好，希望你能陪伴在她身邊。」

「不是草柳，而是我……」

「能讓雛海這麼相信的異性可是很少見的，所以我想拜託你。我今天跟你聊過後，也覺得你值得信任。即使只有就讀高中的這段期間也好，那孩子就麻煩你了。」

優姬小姐的臉上……是很認真的表情。

我從她的眼神就知道她沒有在開玩笑。剛才那番話撼動著我的內心深處。

她應該沒有察覺到我的真實身分。儘管如此，她卻向我提出了這個要求。

看來她是真的很相信我。

無論在好壞方面，雛海都變得很出名。

在這個資訊化社會，沒辦法預測她將來何時會遭到怪人盯上。

搞不好現在就有人伺機要對她下手。

在全國出名的代價很龐大。

這就是優姬小姐擔心雛海的原因。其他孩子也很重要，但身為女高中生的雛海是最令人擔憂的吧。

今後會出現很多像草柳那種以性為目的的傢伙。

所以……

希望有值得信任的人待在雛海身邊。優姬小姐一定是這麼想的吧。

優姬小姐話音剛落，剛才還是紅燈的紅綠燈就轉綠了。

其他車子開始前進，優姬小姐也踩下油門。

我念國中時沒有保護好遭到霸凌的朋友。像我這種人沒資格被當作英雄。

然而，如果我下一番苦功就能拯救某個未來……

如果有個人是我能夠幫助的……

我會……毫不猶豫地選擇那條路。

「請您放心，我打從一開始就有這個打算。」

聽到我這麼說，優姬小姐稍微揚起了嘴角，看起來有些開心，又有些鬆了口氣。

踩著油門奔馳在車道的同時，優姬小姐開口了。

「這樣啊……謝謝你，小涼。」

她語氣和緩地低聲說道。

◇◇◇◇

後來，我被送到最近的車站，接著就搭車回家了。

在洗澡之前，我想起跟古井同學的約定，立即打電話給她。

第十三話
約定

鈴聲響不到三次，古井同學就接起電話了。

「喂？我是古井。」

「啊，古井同學，是我慶道。」

「你花了很久的時間呢，弄到這麼晚都在做什麼？」

果然會在意啊……畢竟比古井同學預估的時間晚了很多。

我死也不會說自己在雛海家吃飯休息。

要是說出來，她可能會用「你竟敢讓我等這麼久」或「原來如此，意思是你不管我們的約定，悠哉地在雛海家度過了愜意時光嗎？」之類的說詞來責問我。

「只、只是把該做的事情都做一做啦。我是說家裡的。」

「是喔～雖然很可疑，但我就不追究了。採買東西的時候沒出事吧？」

「總算是阻止草柳和雛海獨處了。」

「這樣啊，那就好。抱歉我有點事，沒辦法幫你。」

「有妳在是比較好，但反正也成功了，妳別放在心上。」

「我很高興聽到你這麼說，真的很謝謝你。」

「這沒什麼啦。啊，對了，古井同學，策略準備得如何？」

「很完美。我現在開始說明，你要好好吸收進去。首先是借人競賽的策略……」

在這之後，我聽完了古井同學的所有策略。

古井同學依照自己的判斷來預測草柳的行動，並加以阻止的所有策略。

明天運動會的結果會決定今後的命運。

第十四話 運動會

天亮後，終於到運動會當天了。

今天的天氣是萬里無雲的藍天，一路延伸到遙遠的彼方。

陽光熾熱得感覺會曬黑皮膚，還能從地面感受到一股潮濕的悶熱感。

現在正在舉行運動會的開幕典禮，兩校的全校學生密密麻麻地排列在星林高中的操場上。

今年的運動會是跟姊妹校聯合舉辦，這是前所未有的壯舉。

運動會分為白組和紅組，我和雛海她們一樣是白組；至於草柳則是紅組。

哪一組得分較多就獲勝。此外，會從勝利的組別中選出ＭＶＰ，被選上的人可以在之後舉辦的後夜祭指定舞伴。

為了阻止草柳和雛海交往，無論如何都不能輸給草柳。

『接下來請白組和紅組的代表上前。』

聽到運動會執行委員會總部中擔任司儀的女學生這麼說，雛海和草柳就緩緩走到全校學生面前。

他們兩人站在預先準備好的麥克風前，默契一致地說：

「宣誓！我們！」

「我們！」

「恪守運動家精神！」

「直到最後都不放棄，堂堂正正應戰。」

「「在此立誓！」」

雛海和草柳說完，整個操場掀起熱烈的鼓掌聲。

在大批人群的關注中，兩人緩緩走回各自的崗位。

位於總部帳篷的司儀確認他們離開後，便直接開始說明ＭＶＰ等規則。

『非常感謝兩位代表！接下來要說明ＭＶＰ及後夜祭相關事項。由擔任評審的十名教職員投票，選出優勝組別中最活躍的一名學生作為ＭＶＰ給予表揚！不僅如此！ＭＶＰ還會獲得在後夜祭指名舞伴的權利！真令人期待哪位同學會被選上呢！』

ＭＶＰ的說明一結束，整個操場一口氣喧鬧起來，大家開始跟隔壁的人交談。

仔細傾聽，以下對話就陸陸續續傳入耳中。

「ＭＶＰ啊～一年級那個叫草柳的是有力人選吧～那傢伙長得很帥，運動又很強～」

第十四話

運動會

「如果我是ＭＶＰ，絕對會指名草柳！」

「草柳人緣好，而且還是英雄嘛～ＭＶＰ一定是他。」

草柳那傢伙還是一樣很受歡迎啊。

聽到粉絲為自己聲援，八成一臉得意吧。

正因為受到矚目，做出精彩表現時的回報也會很大，能夠一口氣讓評審留下印象。

我和古井同學必須想辦法讓草柳沒有表現的餘地，否則局面可能會變得很麻煩。

只能祈禱一切能夠按照策略發展了。

「欸欸，涼，你覺得ＭＶＰ會是誰被選上呀？」

當我在思考草柳的事情之際，站在旁邊的友里就悄悄對我說道。

「被選上的人啊……」

對於友里的問題，我一時答不上來。畢竟我一直以來都在思考該如何阻撓草柳。

假設那傢伙沒被選上，還有誰……

我絞盡腦汁，依然遲遲沒有答案。

「其實，誰被選上我都無所謂啦。」

我隨便回答友理。

除了草柳誰都可以。要是這麼說，會引起友里疑心。

不要惹事生非，平安度過才是最好的。

「是喔～這樣啊。涼你本來就不是會在意MVP的人嘛。」

「對啊，我又不會被選上。」

「不、不過，後夜祭你要參加嗎？」

「咦？後夜祭？」

糟糕，我完全忘記要參加後夜祭了。

說起來，隨著運動會的日子接近，周遭好像也愈來愈多人決定好舞伴了。

我也真是的……不，仔細想想，應該沒有人想跟我跳舞吧？

反正，我大概會看著那些陽光外向的人開心跳舞，一個人空虛地眺望夕陽吧……而且我記得後夜祭並不是強制參加才對。

如果很無聊，獨自回家也可以。

「我問你喔，你找到舞伴了嗎？」

「沒、沒有耶……完全忘了。」

「這、這樣啊。那我有個提議，涼你不介意的話，就跟我——」

友里話才說到一半——

『那麼，從現在起！開始進行星林高中和時乃澤高中的聯合運動會！各位同學要使出全力好好加油喔！』

在學生們喧鬧起來之際，響起足以蓋掉眾人交談聲的巨大音量，猛烈地刺激著耳膜。

應該是因為開始變吵才刻意提高音量，但就算這樣還是太大聲了吧……

「音量超大的。啊，妳剛才的話還沒說完。」

「啊，沒事，別在意！晚點再說吧！」

我對友里這麼說，不過她耳朵微微泛紅，猛地撇開頭了。

怎麼了？她剛才打算說什麼？

難道是想跟我一起跳舞……

不，這不可能。對方可是友里，一定早就找到舞伴了。

她剛才可能是想說「要不要我幫你找舞伴？」之類的吧。

「這、這樣啊，好吧，那晚點見。我要參加第一個項目。」

「嗯！加油喔！」

在這句話之後，我便和友里分開，前往各自的崗位。

我要參加第一個項目，所以沒有回加油區，就這樣往預備位置走去。

不過途中，放在口袋的手機……

『準備完畢。放手去做吧。』

傳來了這樣的訊息。

一看就知道是誰傳的。古井同學似乎按照計畫做好準備了。

如果一切順利，就能封住草柳的行動。

◇◇◇◇

『好～！讓各位久等了！借人競賽終於要開始嘍！時乃澤高中和星林高中聯合運動會的第一個競技項目！究竟結果會是如何呢？一年級男子組，選手入場！』

隨著播報員的說話聲，開始播放輕快的音樂。配合著音樂，出場選手的隊伍排列得整整齊齊，保持一致的步伐前進。

「加油啊，一年級生！不要輸給紅組！」

「白組男生～！我支持你們喔！加油～！」

「一年級生！拿出最好的表現吧！」

加油區四處傳來非常多這樣的聲音。尤其是運動會啦啦隊的成員們，正激烈地跳著舞，拚命送出聲援。

這個名為借人競賽的項目，是參賽選手從箱子裡抽出一張紙，按照紙上寫的特徵找到符合的人，然後兩個人必須用指定的方法一起抵達終點才行。

有一點很值得注意，那就是前往終點的方法有受到指定。

並不是單純找到符合的人帶走就好，必須思考能否在達成條件的情況下抵達終點。不知道指定的方法是什麼，這非常棘手。

此外，已經被借過一次的人，不能再參加接下來的比賽。也就是說，作為題目出場過一次後，就不能再出場了。

在這個項目中，若借用同組的人抵達終點，名次得分就會加十分。

反過來說，若借用對手那一組的人，那就只會加五分，也就是一半。

雖然跟同組的人一起抵達終點會得到很多分，但依照規則，選對手那一組的人也沒問題。

這場借人競賽，一年級男子組中，我和身旁的草柳都有參賽。

「呀啊～！是草柳同學耶！你要加油唷！」

「加油啊，英雄！我很看好你喔！」

「草柳同學～！你超帥的！」

好多人在為草柳加油啊。吶喊助威聲此起彼落，而且女生特別多。

雖然草柳是冒牌貨，但依舊是爽朗高個子帥哥，連電視節目都非常關注他，不可能沒有粉絲。

草柳一邊朝為他加油的粉絲們揮手，一邊走在我旁邊。

完全就是光與影啊。草柳是光，我則像他的影子。

「哎呀～真傷腦筋。受到這麼多關注會讓我有點緊張呢。」

「這不是好事嗎？代表大家都很看好你啊。」

「有這麼多人在熱烈關注我，還是會緊張啊。不過，這場借人競賽我無論如何都會拿下勝利。不會輸給你的，慶道同學。」

草柳用挑釁的眼神瞪著我。

「嗯，我也不會輸的。」

「就等你這句話，慶道同學。」

草柳最後這麼說完，就這樣手插在褲子的口袋裡，往自己的跑道走去。我也跟在他後面。

順道一提，我和草柳的跑道是相鄰的。跟他的距離總是很近。

『好～！第一個項目借人競賽終於即將開始！不愧是最先比的項目，受到很多關注呢！比賽開始前，先簡單說明規則！』

接下來就是在說明規則。

第十四話
運動會

『在借人競賽中，跑二十公尺左右後，每條跑道會各擺一個箱子！請從箱子裡抽出一張寫有題目的紙，然後從加油區找出符合題目的人吧！找到搭擋後，請再次回到抽題目的地方，並且往終點前進！但是！必須使用指定的方法前往終點，請各位牢記這一點！』

在說明規則的途中，我瞥了站在旁邊的草柳一眼。

被許多人們視為英雄，獲得矚目及支持。而草柳此刻的表情……

一副勝券在握的模樣。他還朝著在加油區跟友里、古井同學坐在一起的雛海投以熱切的眼神。

這場比賽會是我拿下勝利。在這次的運動會中，被選為MVP的人一定是我。

他看起來彷彿正在這麼說。

正因為知道草柳的本性，我大致猜得到他腦袋裡在想什麼。

『準備就緒！借人競賽終於要開始了！各就各位，預備～』

聽到播報員這麼說，我的心跳一口氣加快。

終於要開始了。糟糕，緊張起來了。雖然不曉得會不會成功，但只能全力以赴了。

我倏地蹲下，雙手用力握拳擺　預備姿勢。隔壁的草柳依然是同一張表情，跟我一樣擺出預備姿勢。

幾秒的沉默之後——

SEIRIN

『砰！』

隨著槍聲響起，借人競賽開始。

我因為緊張而比較晚起步，但還是朝裝著題目的箱子一直線衝過去。

儘管我擺動雙手狂奔，草柳仍舊領先我一步。

觀眾的視線大概都聚焦在全力奔跑的草柳身上——

「草柳同學～加油！」

「哇喔！備受期待的新人草柳領先一步喔！」

「呀啊～草柳同學好帥！」

加油區到處傳來只關注著草柳一人的熱情聲援。

根本就是校園偶像嘛。感覺好不爽……

雖然不知道其他選手跑到哪裡，不過我眼中只有草柳的背影。

起跑衝刺是草柳領先一步啊。但不要焦急，比賽才正要開始！

為了追過草柳，我拚命地持續奔跑，卻怎樣都追不上，草柳率先跑到裝著題目的箱子那邊。

『第一個抵達的是英雄草柳選手——！真令人期待他究竟會抽到什麼題目呢！噢！稍微落後的慶道選手也抵達了——！真快！這兩個人的跑速都相當快！到底會是哪一邊獲勝

呢！』

草柳站在箱子前面，看向慢來一步的我。

「慶道同學，沒想到你跑得滿快的嘛。沒辦法拉開太多距離讓我嚇了一跳呢。」

草柳對我的跑速有點訝異。他在內心就是把我當作一個邊緣的孤僻鬼，所以遇到這種情況才會掩飾不住驚訝吧。

我可不是對運動一竅不通啊。

「不過，贏下這場比賽的還是我。不會輸給你的。」

草柳就這樣握著拳頭，準備伸進裝著題目的箱子裡。

這一瞬間，直到剛才都相信自己勝券在握的草柳……

表情倏然瓦解。

大概是發生意想不到的事情，他腦袋混亂，身體動彈不得。

「怎、怎麼會……為什麼……箱內紙條的顏色不一樣！」

果然跟猜測的一樣。

看到草柳在我旁邊露出不安的神情，我再次確定了古井同學的猜測命中紅心。

昨天在電話中，古井同學是如此說明借人競賽的策略。

「聽好了，草柳會參加借人競賽，並使用某些手段把雛海當作題目帶走。他一定會作弊。」

「這個可能性是很高，但他要怎麼作弊？」

「我猜他會預先準備好跟箱內紙條一樣的紙條，直接捏在手裡參加賽跑。準備的紙條上應該會寫跟雛海有直接關聯的題目。」

「原來如此……的確，使用事先準備好的紙條，就可以帶著雛海參加借人競賽。」

在借人競賽中，必須從箱子里抽出任意一張寫有題目的紙條才行。

在抽出紙條之前，不可能知道誰會抽到什麼題目。

但草柳打算預先準備好寫有題目的紙條，然後假裝是從箱子裡抽到的。

如此一來，他就一定能夠跟雛海一起參加競賽，而且還很難被發現是在作弊。

「對，我想很有這個可能。雖然是敵對組別，但這樣就能一起參加競賽，一口氣拉近彼此的距離。」

「那問題就是該怎麼阻止了。我比草柳早點帶走雛海就行了嗎？」

「這樣的話，萬一草柳的跑速輾壓你，那就無計可施了。必須想一個即使你跑不過他也能進行阻撓的策略。」

「唔～有其他辦法嗎……」

我思考了一下，卻什麼都想不到。而古井同學則輕笑出聲，彷彿正在醞釀惡作劇的小壞蛋。

「呵呵，很簡單。說穿了，只要讓他不能使用預先準備的紙條就好。裝在箱子裡的紙條是普通的白色，身為運動會執行委員的草柳本人應該事前就知道這一點。所以，在賽前臨時改變顏色就可以了。」

這就是我從古井同學那裡聽到的借人競賽的策略內容。

每條跑道的中途都有放裝著題目的箱子。正常來說，裝在箱子裡的紙條是白色的。草柳應該會配合這一點準備紙條。

但在比賽開始前，古井同學把要裝在箱子裡的紙條全都改了顏色。

她在其他有顏色的紙條上寫題目，替換掉箱子裡的紙條。

要是拿出跟箱內紙條不同的紙條，立刻就會被抓到在作弊。所以草柳不能使用自己準備的紙條。

剛才傳的訊息也是在講這件事。真不愧是古井同學！

「紙、紙條竟然臨時被換掉了……可惡！為什麼！」
看到那張咬牙切齒的表情，就知道他壓力似乎很大。
由於策略成功，總之阻止草柳作弊了。這樣一來，他要跟雛海一起參加競賽就會變得很困難。
當草柳焦急之際，在他旁邊的我安心地將手伸進箱子裡。
接下來只要我就這樣拿到第一名，就是我贏了。
我從箱子裡隨便抽起一張紙，然後打開查看上面的題目。
結果就發現——

「帶著能夠公主抱的女生，就這樣抱著抵達終點」。

上面如此寫著。
看到這一排文字的瞬間，我用雙手猛地闔起攤開的紙條。
哎～不行不行，看來我是累了。一定是我眼睛疲勞，才會解讀成奇怪的內容。
一定是這樣吧。絕對是這樣。
冷汗從額頭上滑落，我再次打開紙條，查看寫在上面的文字，結果就發現——

「帶著能夠公主抱的女生，就這樣抱著抵達終點」。

上面依舊如此寫著。

…………

我抽到了什麼鬼題目啊啊啊啊？

要我在大庭廣眾之下公主抱？太強人所難了吧！

但、但是，現在可不是抱怨的時候！

再拖拖拉拉下去，可能會被草柳捷足先登。竟然就在偶然間抽到這種題目。

可惡！只能拚了！首先得找個能公主抱的女生才行！

呃……

我思索了一下，想像符合這個題目的人。結果不知為何，第一個就想到雛海。

雛海的話，我確實抱得起來。

不，有這麼多人在看，要把雛海帶出來實在很有難度。

這時候就選那三個人之中最矮的古井同學吧。她大概也是最輕的。

哎～那就拚了吧！

我握緊紙條，朝加油區跑過去。

『噢！率先採取行動的是慶道選手！他究竟抽到什麼題目，又會帶走誰呢？真令人緊張！』

我跑起來後，草柳大概是重振心情了，他也跟著我移動。

『第一個抵達箱子的草柳選手與慶道選手前往加油區了！他們會帶走什麼樣的人呢！啊，哎呀！慶道選手！他站定在加油區第一排的前面了——！』

我抵達原本正在努力聲援的雛海、友里和古井同學面前。

我喘著氣，看向古井同學並伸出手。

「抱歉，古井同學。我得帶走能夠公主抱的女生，妳過來吧！」

我這麼跟她說了。

「……哼。」

古井同學不知為何面無表情地定定盯著我。

沒有感情，而且幾乎是毫無反應。臉上沒有任何情緒，那就是一如往常的古井同學。

呃，這是什麼反應……

明明自己要被當作題目帶走了，卻一絲慌亂都沒有。

不對，與其說是冷靜，不如說好像別有企圖？

「嗯嗯，原來如此。的確，說起能夠公主抱的女生，這三人裡面身高最矮的我應該是最適合的。算了，雖然因為個子矮這種理由被選上很令人不快，但我們就走吧。」

「謝謝妳，古井同學！」

古井同學緩緩從加油區站起來。

太好了。我拜託她的時候，她的眼神看起來一點興趣都沒有，讓我有點傷腦筋，不過她願意參加真是謝天謝地。

我原本是這麼認為的。

接下來我馬上就會明白，為什麼我邀請古井同學時，她的臉色完全沒有變化。

「好，走吧……啊～抱歉，剛才一站起來，我就感到頭暈目眩。哎呀，這超嚴重的，要是跟你一起參加競賽絕對會變得更不舒服～（語調平板）。難得的運動會，我卻好像得在途中早退了～（語調平板）。所以說雛海，妳代替我上場吧。那就拜託了。」

「「咦咦？」」

聽到古井同學這番出人意表的話，我和雛海同時驚呼一聲。

怎麼講起話來一點感情都沒有啊！

我提出邀請的瞬間，她就已經打算要交棒給雛海了吧。

之所以那麼冷靜，鐵定是因為她一瞬間就想到能這樣安排。

「古、古、古、古古！再、再、再、再、再怎麼說都太突然了啦！我還沒做好心理準備！」

「這也沒辦法，我現在頭很暈，不太能移動。就算勉強上場，也很有可能會早退。」

雛海慌亂地推辭，只不過在超冷靜的古井同學面前，她被駁得無話可說。

「那、那、那友里更適合呀！我、我、我不行啦！」

「雖然友里也在，但我記得妳要參加下一個項目吧？」

「咦？啊，對呀。我要參加下一個項目……」

「那妳應該要保存體力。如果有心贏得比賽，無端消耗體力就沒有意義了。所以雛海，由妳上場吧。跟這個凡人一起。」

誰是凡人啊？混帳。跟雛海一比，我的確是凡人沒錯，但不需要特地講出來吧。

「去吧，雛海。現在跟其他人的差距也正在逐漸縮短，得趕快才行。」

「可、可、可、可是！我、我、我上場的話……啊、啊哈哈哈！等到明年的運動會再……」

「妳、會、上、場、吧？」

古井同學猛然湊近雛海的臉，刻意一字一句地強調著。

即使只是在旁邊看也知道，古井同學身上現在散發出不得了的壓迫感……

古井同學明明是這裡面最矮的，卻不知為何感覺很高大，雛海可能是屈服了。

「好、好的——————！」

她只能這麼回道。

聽到回答，古井同學露出滿意的表情，在剛才所坐的椅子上坐下。

「太好了，那接下來就交給你們兩個了，加油喔。」

古井同學說著，最後朝我眨了眨眼。

看到她眨眼，我便知道她為什麼要這麼說了。

在借人競賽中，不能重複選擇已經被當作題目帶走的人。

也就是說，我這時候帶走雛海的話，她就不能再參加借人競賽了。

雖然成功阻止草柳作弊，但不曉得那傢伙下一步會出什麼招。說不定他的同伴會對雛海出手。

正因如此，古井同學才會要我現在就把雛海當作題目帶走吧。

能不能換個好一點的做法啊……不能再抱怨了，趕緊收拾一下心情吧！

「雛海！過來吧！現在只能拚了！」

「呃、呃咦？」

這是什麼回答……不用那麼震驚吧。

儘管雛海手足無措，我還是朝她伸出手。

「走吧，雛海。」

「小、小涼，真的要選我嗎？」

「嗯！就我們一起上吧！」

「好、好的！我知道了，加油吧！」

或許有點強硬，但我依然握緊雛海那柔軟的小手，帶著她奔跑起來。

可能是相當害羞，我感覺得到雛海的手逐漸發燙。

瞥了她一眼後，發現她耳朵通紅，垂著頭遮住臉龐。

抱歉，雛海。在這麼多人的關注下把妳帶出來。

但這是為了保護妳不受草柳傷害。妳就忍耐吧！

我握著雛海的手，就這樣跟她一起跑向抽題目的地方。

『哇喔！慶道選手！他竟然帶走雛海同學了——！借人競賽才剛開始就出現了令人跌破眼鏡的發展！究竟慶道選手與雛海同學有沒有辦法抵達終點呢！』

因為我帶走雛海，會場一舉騷亂起來。

不分敵我，人們看到我拉著雛海的手便開始議論紛紛，那些聲音傳入了我耳中。

「喂喂喂，這時候該讓給草柳同學吧……」

「咦～那個人是怎樣？完全沒看過他耶。」

人。

「那個邊緣人是誰啊？真是無聊～」

全都是負面意見啊。但也沒辦法，情況會變成這樣反而很正常。

雛海是全國都認識的知名美少女，相比之下我只是凡人。在他們眼中可能還不如一個凡人。

從周遭人們的角度來看，這種極度不登對的組合大概讓他們感到很不滿。

但我還是必須這麼做。

為了讓事情和平落幕，並保護雛海不受草柳傷害，必須有人自願接下不討喜的角色。

否則……哪有辦法保護重要的人啊？

「小涼，雖然聽到了一些不太好聽的話，但你不可以放在心上喔！」

跟我一起奔跑的雛海說出了這番話。看來果然連她也聽到了。

我對她笑了笑，避免她擔心。

「放心吧，雛海。我沒放在心上。」

「小涼……」

「不過我有點不甘心，就讓他們見識見識我們成為第一名的瞬間吧！」

「嗯！說得也是！拿下第一名吧！」

聽到雛海那充滿活力的嗓音後，我們率先回到抽題目的地方。

在借人競爭中，必須跟帶回來的人一起從這裡跑到終點才行。

我看向其他參賽者，只見包含草柳在內的幾個人正往我們這邊過來。再鬆懈下去，恐怕會被其他人超前。

「好，那走吧，雛海。」

「知、知道了。」

我蹲下身，將手放在雛海的雙腿和腰上，然後一口氣出力，就這樣將雛海打橫抱起。

這一瞬間，我看見懷裡的雛海睜大眼睛，整張臉飛紅起來。

抱歉……妳應該覺得很害羞，不過就忍耐一下吧……

儘管彼此都害羞得不得了，但為了第一個抵達終點，我開始拔腿全速狂奔。

感受到雛海大腿的柔軟觸感、微暖的體溫及香水味，我幾乎要失去理智。然而，我穩定心神，專注地看著終點拚命奔過去。

『成、成、成、成、成功啦——————！慶道選手！用公主抱的姿勢抱起雛海同學開始衝刺了——————！在加油區嫉妒得快要發瘋的男生們，那銳利的眼神彷彿黑暗中盯住獵物的獵人！另一方面，被同學抱起來的雛海同學則是……超級害羞的！太可愛了！在我眼中，她完全就是被王子抱起來的公主啊！』

我邊跑邊瞥了眼加油區，便發現確實有許多嫉妒得發瘋、咬牙切齒地瞪著我的視線。

不、不意外啦～果然會變成這樣～大家都很不能接受吧～

「千年一遇的美少女」被我這種邊緣人用公主抱的姿勢抱起來，當然會感到不爽。

但是很抱歉，我也有無法退讓的堅持。不管受到再多批判，不管被講多少壞話，我都必須保護懷裡的雛海。

雖然忍著害羞，我還是跑得很順利。

途中沒有被任何人超前，跑完一半後位居第一。

保持這個步調，就能第一個抵達終點，贏過草柳。

正當我如此心想之際──

『噢！在領先一步的慶道選手後面……是我們的大明星！草柳選手與搭檔正在接近！他揹著男同學，挾著驚人氣勢飛奔而來！那眼神、那眼神炙熱無比！可以感受到絕對不能落敗的鬥志！慶道選手與搭檔究竟能不能逃到最後呢？還是說，草柳選手會逆轉勝呢！獲勝的會是哪一邊？』

聽到這番話，我背脊一涼。

立刻回頭一看，然後……

我清楚看見草柳緊皺著眉頭，凶神惡煞似的狠狠瞪著我。

糟糕，再這樣下去可能會被他追上。

沒想到他會在這時候緊緊追趕在後。而且還揹著應該是同學的矮小男生，真虧他能跑得那麼快。

不對，現在不是佩服他的時候。

無論發生什麼事，我都要第一個抵達終點。絕對要保護雛海！

「雛海！雖然草柳從後面追過來了，但相信我吧！我一定會第一個抵達終點！」

「呃、呃呃、啊、啊噫！」

雖然好像聽到了不同於日語的其他語言，我依然看著前方死命奔跑。

但不知不覺中，草柳跑在後面的腳步聲愈來愈清晰。

我知道他在加快速度。而且加油區還傳出許多支持草柳的聲音。

然而，即使沒有人要為我加油，我也只能咬牙拚到底。

我使出剩餘的所有體力，全力狂奔起來。

「喝啊啊啊啊啊啊啊啊啊！」

草柳拚命地發出咆哮，從背後追趕而來。我內心焦急，同樣拚命地將速度提高到最大極限，跟他隔開距離。

我們彼此都在全速奔跑，離終點愈來愈近，只剩大概十公尺，然後是五公尺。

當草柳迫近我身後之際，已經剩不到一公尺，緊接著——

我以微幅差距，先一步衝過了終點線。

『哇噢噢噢噢噢！一年級男子組的借人競賽第一名居然是慶道選手——！他逃到最後了！我們的大明星——草柳選手在只差一步的時候錯失了第一名！』

「太可愛了～！九條同學超級可愛的～！」

「草柳同學真可惜呢！下一場比賽繼續努力吧～！我支持你！」

「草柳同學～！下一場比賽也要加油喔！」

耳邊只傳來為雛海和草柳打氣的聲音。

啊哈哈～我很努力耶，但沒有得到誇獎啊～這似乎也沒辦法。

我喘著氣，慢慢放下雛海。

雖說她身材纖細，抱著跑還是會導致手臂疲勞。明天一定會肌肉痠痛。

當在我調整呼吸時，滿身大汗的草柳就一臉不甘心地走過來。

「呼……呼……呼……沒想到你會選九條同學，真是出乎我意料。」

「我也沒辦法啊，呼……呼……」

「是、是嗎？真羨慕你的好運氣，但我下次可不會輸喔，慶道同學。」

最後留下這句話，草柳轉身背對我離去。

然而，這時候——

「嘖！竟敢礙事。」

我隱約聽到了冰冷又充滿惡意的嗓音。

表裡的態度完全不一樣啊。我很想現在就向周圍大肆宣揚草柳的本性，但考慮到他受到這麼熱情的支持，風險還是太高了。我會被當作怪胎。

只能按照古井同學說的，等他自己露出馬腳。

啊，話說回來，雛海沒事吧？

雖然一直被我抱著，但這也是很需要體力的。

「辛苦了，雛海。真的很抱歉硬拉著妳做這種事。」

我一邊道歉，一邊看向身旁的雛海……

「啊、啊噫，窩、窩灣全每事喔。」

故障得好厲害。

她彷彿超過負荷而故障的機器人一般，全身上下咻咻地冒出白煙，眼睛還在不停旋轉。

而且也沒辦法好好講話，完全聽不懂她在說什麼。

真、真的很抱歉。畢竟是在這麼多觀眾的注目之下將她打橫抱起，當然會過熱吧。

「雛海，沒事吧？聽得見我的聲音嗎？能好好說話嗎？」

「每、每溫題喔，窩聽得尖，科以說花。」

這、這真的沒事嗎？好像完全不行耶。

那個總是很認真又優秀的雛海，竟然會崩壞成這樣……

「唉，看來要花一段時間才能讓雛海恢復原狀了。」

在這之後，我找友里和古井同學幫忙，但還是花了將近二十分鐘才讓雛海恢復原狀。由於她體溫升高，消耗了不少冰袋。

雖然弄得大家手忙腳亂，不過因為很可愛，就原諒她吧。

在地鐵拯救美少女後
默默離去的我，
成了舉國知名的英雄。

第十五話 偽裝

『好～運動會下午的賽程終於要開始了！依照目前的總得分，紅組是五百分，至於白組則是四百五十分！白組有辦法逆轉勝嗎？』

午休結束後，終於進入下午的賽程。

陽光將操場曬得發燙，我站在側邊的等待區，靜靜等待下一場競技比賽。

如同剛才的廣播，我們白組的總得分輸給紅組。

落後的主要原因是我們白組練習不足——這麼說當然也沒錯，但坦白說，草柳的卑鄙手段更是讓我們陷入了苦戰。

草柳是運動會執行委員之一。他巧妙利用這一點，查看白組的參賽者名簿，並針對弱點安排體育社團的學生出場。

草柳的高中是男校。他可能是刻意把擁有很多運動好手的班級分到紅組。

在體格差異和精力的方面，我們白組輸給他們的氣勢及堅強的毅力，被拉開了差距。

不過，並不是毫無逆轉的餘地。

下午的賽程大多是得分高的項目，我們還有機會。

等一下要進行的騎馬戰也是，只要獲勝就能得到高分。而且草柳也有參加，這個項目絕對不能輸。

順道一提，等一下要進行的騎馬戰，是紅白兩組各自隨意找四人組成一隊參加比賽。各組有四十人，所以總共會有十隊。

決定當騎士的人和當馬的人，騎士要保護好纏在手臂上的頭帶，並搶奪對手的頭帶。跟一般騎馬戰的流程大致差不多。

不過，分勝負的方式有點不同。決定勝負的方法只有一個。

只要國王的頭帶被搶走，當即確定落敗。

各組只有一人會被任命為國王。

此外，對手也會知道誰是國王，在敵人知情的狀態下該如何保護國王到最後一刻，這就是勝負的關鍵。

我們白組的國王是雛海，紅組則是草柳。

必須死守國王的頭帶，否則白組的獲勝機率會變低。

為了阻止草柳拿到ＭＶＰ，這場比賽一定要拿到勝利。

雛海和我同隊。我當然負責當馬，跟另外兩個男學生一起保護國王雛海並應戰。另一方面，友里和古井同學各自在其他小隊裡。雛海、友里和古井同學這三人雖然不同隊，但都是騎士。

雛海和草柳哪一邊的頭帶先被搶走，將會大幅左右今後的命運。

我可不會輸的，草柳。絕對要贏！

當我在等待區如此心想之際，大得要命的麥克風音量就猛烈地刺激著耳膜。

『好～競爭激烈的運動會終於進入下午的賽程了！下午的賽程第一個項目就是一年級生的騎馬戰！究竟會上演什麼樣的戰況呢？真是令人期待萬分！那麼，首先請紅組的選手入場！』

播報員說完，在加油區的管樂隊一齊開始演奏樂器。配合著輕快的音樂，等待區在我們白組另一邊的紅組陸續走進比賽會場。

「紅組的各位！雖然上午的借人競賽很可惜地拿到第二名，但下一場比賽會拿下勝利的！」

草柳一邊進場，一邊笑咪咪地向不斷發出聲援的粉絲們揮手。

看到他那爽朗的笑容，休息區的女孩子們……

「「「呀啊～！」」」

眼睛全都變成超大顆的愛心。

雖然內在是人渣，但純看外表的話，他就是個帥哥。不了解內在的情況下，對他著迷或許是正常反應。

「好，各位！貫徹用來打倒白組的策略，奪取國王的頭帶吧！」

「「「是——！」」」

草柳帶著充滿自信的表情高聲吆喝，鼓舞著同伴。

我打量一下對面的選手，發現有幾個體格壯碩的人。雖說是男女混合的騎馬戰，卻有不少體育社團的人啊。要是跟那種人交手，感覺骨頭會斷掉。

『紅組所有選手都在剛才入場完畢！整個會場的焦點都擺在草柳選手的外表上！真是太健壯了！而且又好帥啊！草柳選手同時也是國王，以他為首的紅組會採取什麼樣的攻勢呢！好！接下來是白組入場！』

終於輪到我們白組入場了。

在等待區裡的所有人準備前往比賽會場時，雛海向大家這麼說道：

「大家！要按照古古說的策略來進攻喔！如果紅組的動作跟古古預測的一樣，就是執行策略的時候！」

如同雛海所說，我們是根據古井同學構思的策略來行動。

古井同學的策略如下：

比賽剛開始時，留意對手的動作，盡量攻擊國王以外的騎士，奪取他們的頭帶，削弱戰力。草柳是國王，幾乎可以確定他會待在後方向同伴下指令。所以與其攻擊草柳，首先要盡可能減少對手的騎兵數量。

接著，擔任誘餌的古井同學和友里會視情況衝入敵陣，引開對手的注意力。

當對手的注意力被引開，產生破綻之際，除了我們以外的騎兵就要全體衝向草柳。

突然有大量騎兵湧過來，草柳一定也會感到慌亂。

趁草柳集中精神在防守上，我們從背後靠近，由身為騎士的雛海奪走頭帶。

這就是大致的作戰內容。

雖然不確定這個策略能否順利進行，但還是有十足的獲勝希望。

『白組一年級生陸續進場了！白組的國王是九條雛海選手！如何一邊保護她一邊對抗紅組的進攻，真是令人非常期待呢！』

在盛大的聲援中，我們走向指定位置時，就在對手陣營看到臉上寫滿自信的草柳。

草柳周遭大多是看似隸屬體育社團的人。從這裡也感覺得到他們燃著熊熊的鬥志。

他們打算靠體能取勝。相比之下，我們沒有體格那麼壯碩的人。

從那傢伙的角度來看，這下應該跟贏了沒兩樣。

縱使草柳那副模樣讓我有點煩躁，我依然走到指定位置，就這樣組成騎兵。

我在前面，其他班的男生負責左右兩邊，雛海則騎上我們三人組成的馬。
看向其他同伴，幾乎都做好準備了。
『兩組都已經就定位，比賽似乎準備就緒了！這會是一場什麼樣的比賽呢？那麼……開始！』
隨著播報員的信號，白組一齊展開行動！
「前線部隊！出擊！」
雛海一開始就比紅組還要快向前線部隊下令，總共五名騎兵衝了出去。
另一方面，與前線部隊相反，擔任誘餌的友里和古井同學，以及負責護衛的騎兵都在後方擺出陣形，將雛海包圍起來。
對此，草柳則是——
「好，我們也出擊！前線部隊！前進！」
面對白組的動作，草柳也立刻下指令派出同伴，避免落後於人。
從正面進攻的紅組騎兵有五名。
在那後面則是草柳，以及負責保護他的四名騎兵在鞏固防禦。
攻擊與防守各派一半的人，負責守備的陣容由體育社團的人們組成，體格都很健壯。有那些人在，就能靠力量和氣勢固守到底。

在銅牆鐵壁般的防禦中安心地進行指揮。然後趁白組的騎兵數量變少時，奪走雛海的頭帶。

草柳會這麼做。為了被選為ＭＶＰ，他必須憑自身表現取得勝利才能留下實績。在四名騎兵的保護之下，等到機會來臨再採取行動。在那之前，他應該都會靜靜地待著。

我們的初期配置跟紅組差不多。

前線部隊在前方打倒敵人，後方則由守備隊保護雛海。

雖然起步相同，不過接下來會怎麼出招呢？

『哇喔！白組、紅組！雙方同時出擊，正面交鋒！為了奪取頭帶，正猛烈地纏鬥當中！』

在雛海和草柳的指令下出動的前線部隊，一口氣爆發交戰。

他們將身體用力衝撞上去，試圖奪取敵人的頭帶，展開了激烈的攻防戰。

我在後面觀察著，覺得白組和紅組的實力幾乎不相上下。

現在實力相同的話，哪一組先被搶走頭帶就會改變戰況。先發制人的一方能將戰況導向有利的局面。

草柳將體育社團的學生們派去當護衛了，攻擊力稍嫌不足。

在這時候削減對手的騎兵數量，就能在有利的局面中對抗草柳。

要是我們就這樣搶得先機……

儘管我這麼想，現實卻不如預期。

「好！A組與B組！就是現在！」

「「明白！」」

草柳突然從後面向同伴下達指令。配合他的呼喚，正在打鬥的一名紅組騎兵突然改變動向。

原本還在激烈地互搶頭帶，卻忽然放棄戰鬥，急遽轉向逃跑。

「咦？突然逃掉了？為什麼？」

正在打鬥的白組騎士脫口驚呼。

彼此之間並沒有存在無法跨越的實力差距，倒不如說是勢均力敵。儘管如此，對方卻突然逃掉了，這讓騎士掩飾不住驚訝。

為什麼要逃？我在後方看著也是一頭霧水，但看到紅組騎兵接下來的行動後，我終於理解了。

那並不是逃跑，而是轉換目標。

剛才還在打鬥的紅組騎兵假裝往後撤退，卻是朝其他白組騎兵一直線地衝過去。

目前在打鬥的前線部隊，紅組及白組分別有五名騎兵。

也就是正在展開一對一的戰鬥。為了搶走眼前敵人的頭帶，大家產生了激烈的交鋒。

在這種狀況中，逃出來的紅組騎兵鎖定其他白組騎兵，從背後靠近。

正在戰鬥的白組騎兵也追在後頭，但跟不上對手的速度。

「危險！在後面！」

在後方看著的我出聲喊道，但慢了幾秒。

被盯上的白組騎兵將注意力放在前方，沒有發現紅組騎兵正從背後靠近。

紅組騎兵就這樣抓住白組騎兵沒在注意四周的空檔，從背後一把搶走了頭帶。

『紅組！從背後拿到了白組的頭帶～！他們利用夾擊戰術，成功地奪走對手的一條頭帶了——！』

可惡……被搶得先機了……

草柳那個混帳，一開始就打算要用夾擊來進攻啊。

我們的前線部隊有五名。先觀察對手的動向，自己也派出相同的數量迎擊。

然後刻意營造一對一的局面，再執行夾擊戰術嗎？

很會動腦筋嘛，草柳。

我從遠方狠狠瞪著草柳。雖然他完全沒有察覺到我的視線，但大概是成功創造出有利的局面，他的嘴角微微上揚。

再這樣下去，又會被逮到太專注於戰鬥的空檔而遭到夾擊。

四對五的情況下，對我方非常不利。要是對手從背後偷襲就完蛋了。

怎麼辦？要從我們守備隊裡面派騎兵去前線嗎？

不，這說不定也在草柳的盤算之內。

可惡。

正當我感到咬牙切齒，古井同學就針對這個狀況開口了。

「先冷靜下來！對手的策略是利用夾擊來確保能夠從背後進行攻擊！這時候分成兩兩一組，在戰鬥中保護彼此的背後！守備陣營原地待命！要是移動，就正中對手下懷了！」

白組所有人開始感到驕傲與不安之際，她冷靜地下達指令。

連負責保護雛海的我們都接到指令，代表古井同學應該是猜到草柳的策略而做出這個判斷。

這時候就保持鎮定，乖乖地聽她的話吧。

在古井同學的指示下，白組立刻開始分成兩兩一組，一邊保護彼此的背後，一邊迎戰逼近而來的紅組。

『白組！為了預防背後遭到攻擊，立刻就分成兩兩一組，一邊保護彼此的背後一邊戰鬥！如此一來，紅組的夾擊戰術便失效了！儘管是急中生智，依然順利封鎖了對手的策略！』

草柳的策略或許是被封鎖住了。

然而，前線部隊的數量是四對五，我方陷入劣勢。雖然為了對抗夾擊戰術而立刻分成兩兩一組，但並沒有改變不利的局面。

就算體育社團的人們被派去保護草柳，這個狀況還是相當不妙。

實際上，待在後方看著，就會發現同伴們的體力都在逐漸流逝。

畢竟是在不利的局面中戰鬥。既然分成兩兩一組來行動，要暫時逃跑重整態勢就不是那麼容易。

再這樣下去，我們的前線部隊會輸在體力。

「古井同學，怎麼辦……？對手的策略是封鎖住了，但同伴的體力很危險。」

「從數量人看，確實是我方不利。照這局勢，前線部隊可能會全滅。」

「喂喂喂，那樣是不行的吧！」

「笨蛋，你以為我沒想到這一點嗎？雖說是男女混合，對手那邊卻有很多體育社團成員。不僅如此，星林高中的男生人數也壓倒性地多。只要利用這個狀況來應戰就可以了。我們誘餌就是為此而存在。」

古井同學說完，看向旁邊的友里，用眼神跟她交流。而友里大概是瞬間看穿她的意圖，揚起嘴角露出壞笑。

這、這種女孩子之間特有的心靈感應是怎麼回事……

「友里，古古，沒問題吧？真的能成功嗎？」

「放心！一切都會順利，雛海！擔任誘餌的我們會想辦法的！」

「沒錯，雛海妳別擔心。那麼友里，開始第二階段吧。」

雛海看起來有些不安，但兩人都對她露出自信滿滿的表情。我沒有聽說詳細的作戰資訊，她們到底要怎麼吸引對手的注意力呢？

正當我如此心想之際，那兩人就看著前方，準備採取行動。

接著，她們默契一致地這麼說：

「「GO！」」

以這句話為信號，友里和古井同學的坐騎猛力蹬地，一口氣往前線部隊衝過去。

『不得了！在後方保護國王的兩名白組騎兵突然行動了！準備加入前線部隊支援嗎！不、不對！這是！他們沒有參加前線部隊的戰鬥，正自由自在地在操場上奔馳！』

「快看快看，紅組的大家！在這邊唷！」

「放馬過來吧，處男們。」

友里和古井同學在操場內四處奔馳，並開始挑釁前線部隊與負責守備的紅組騎兵。

前線部隊是紅組那邊有利，連防禦也是固若金湯。

為了製造些許的空檔，她們發出挑釁，試圖攪亂局面。

前線部隊也確實有幾個人停下手的動作，注視著友里和古井同學的方向。

很好，只要受到她們吸引而移動，艱困的戰況也會獲得改善。

逮住對手陣形亂掉的機會，一口氣進行突擊，就能搶走草柳的頭帶。

操場內喧鬧起來，對方選手產生迷惘了，然而——

「別管她們的挑釁！那是佯攻！不要上當！回到各自的崗位堅守職責！」

尖銳的聲音一口氣改變場上的氣氛。聲音的主人是待在紅組後方下指令的草柳。

草柳看到友里和古井同學的舉動，應該察覺到是佯攻了吧。

他向所有同伴下指令，讓差點瓦解的陣形恢復原狀。

那傢伙真有一套，很冷靜嘛。

『草柳選手！冷靜地看穿對手的行動！真不愧是我們的巨星！』

好不容易做出的佯攻也泡湯，感覺要再次回到艱困的戰況。

消極的氣氛在整個白組瀰漫開來，就在此時——

剛才在四處奔馳的友里和古井同學不知為何露出壞笑。

而且看起來像是在謀劃天大的壞事。

那是怎樣？她們絕對有什麼企圖吧？

她、她們要幹嘛？該如何再次破壞對手的陣形？

我如此心想，從後方觀察著她們，結果就從她們口中聽到極其荒謬的一番話。

「啊～說起來，難得的運動會，我卻還沒找到舞伴呢～有人願意跟我一起跳舞嗎～？啊，對了！既然如此，我想要跟拿走我的頭帶的人一起跳～一起跳完舞後，度過只有兩個人的時光也不錯呢～我也差不多想交個男朋友了。」

友里最後向紅組拋了一個可愛的媚眼。

面對她的熱情示好，紅組的男生選手大部分都僵在了原地。

接著，古井同學也從口袋裡拿出兩張紙，這麼說道：

「我想起來我有抽到雙人旅遊的票券。唉，但這是情侶專用的，我一個人沒辦法去。我個子嬌小，真想跟能夠保護我的超熱血肌肉壯漢一起去。年輕男女的獨處時光，呵呵，夜晚真令人期待呢。感覺會成為很刺激的一天。」

古井同學舔了一下嘴唇，秀出雙人旅遊的票券。

這似乎成了致命一擊。

啪！

以紅組男生為中心，傳出了理智斷線的聲音。

操場靜默了幾秒後——

「「「唔喔喔喔喔喔喔喔喔喔喔喔喔喔！」」」

紅組男生騎兵眼神倏然一變，發出渾厚的吼叫聲，一直線地衝向古井同學和友里。

「友里～～～！跟我跳舞吧～～～！」

「古井！我無論何時都能保護妳喔！」

「跟我去旅行吧！古井！」

原先在戰鬥的三名前線部隊騎兵，以及本來在後方固守防衛的兩名騎兵，全都眼冒愛心地死命追趕在那兩人後面。

這糾纏不休的模樣是怎麼回事……古、古井同學該不會打從一開始就打算用這招吧……

現在追著那兩人的主要是紅組男生。以女性為中心組成的騎兵沒有任何動作。

倒不如說，她們的目光冷靜透徹，彷彿在看垃圾似的看著那些拚命追趕的男生。

溫度差好激烈……氣氛未免也太冷了吧。女生竟然能露出那麼冰冷的眼神啊。女生真可怕！

紅組男生大多是星林高中的學生。也就是說，跟異性的交流相當有限。其中還有一些體育社團的成員，社團活動一忙起來，更沒有機會跟異性交流了。

這時候受到那兩個美少女邀請的話，正值青春期的男生或多或少都會上鉤。

那個人竟然想出這種辦法。我本來還不曉得為什麼要選友里當誘餌，原來是要兩個人一起色誘啊！

『我、我的天啊！白組！兩個美少女說出了驚天動地的一番話！紅組男生果然沒辦法忽視她們的發言，拚命地追過去了！但友里選手和古井選手的坐騎壓倒性地快！可能是具有機動性，完全追不上！紅組該怎麼辦呢？』

紅組男生拚命追著那兩人，但機動性完全不同。

她們以壓倒性的速度奔馳在操場上，讓對手的陣形接二連三地瓦解。

古井同學和友里的坐騎本來就沒什麼攻擊力，不過是以田徑隊為中心組成的，跑速無人能敵。對手追不上也是正常的。

「你們是白痴嗎？到底在幹嘛？快回到各自的崗位！那可是陷阱！」

草柳見狀冒出冷汗，吐槽同伴之際，也不忘下指令。

然而，一旦點燃火，男人的心可沒那麼簡單就能平復下來。

「「「好想要女友啊啊啊啊啊啊啊啊啊！」」」

反而好像燒得更猛烈了。可以感受到瞬間蒸發水珠的熱度。

能夠接觸平時沒有機會認識的美少女，甚至還有可能變成現充。

他們敗給這個誘惑，聽不進草柳的話。

「混帳！好不容易局面轉向有利，竟然變成一盤散沙！」

如同草柳所說，紅組的陣形如今完全瓦解了。

前線部隊反而變成我方在人數上占優勢，而且由體育社團成員鞏固起來的防線也變得很薄弱。

他們的注意力都放在友里和古井同學身上，沒有發現陣形都亂掉了。

要上的話，就趁現在！

「雛海！紅組亂成一團了！趁現在上吧！」

「嗯，小涼！大家！要一口氣衝過去喔！」

「「「好！」」」

雛海向負責守備的騎兵和正在戰鬥的前線部隊發出信號。

大家理解雛海的意圖後，除了擔任誘餌的友里和古井同學之外，所有騎兵筆直地往草柳的方向衝過去。

我方的騎兵數量總共七名。

相對之下，儘管對手都是體育社團的成員，但只有三名。

打得過！

趁友里和古井同學幫忙吸引注意力的時候，我們前往草柳所在的後方，一舉衝撞過去。

由於遭到大約兩倍的敵人攻擊，即使是草柳也失去了冷靜。

「混帳！快點保護我！其他傢伙在幹嘛！」

我清楚聽到他那盛怒的聲音。

很好，他陷入混亂了。不要放過這個機會！

我們逮到對手亂成一團的時機，偷偷繞到草柳背後。

趁他們正在專心對付前面的敵人，雛海將手伸向草柳的手臂，然後——

「拿到了！」

雛海緊緊抓住草柳的頭帶，一口氣拉過來，漂亮地搶到了。

可能因為是發生在一瞬間的事，對方選手無法理解事態，呆呆地張著嘴巴。

然而，抓著頭帶的雛海，以及近距離看著她搶過來的我們，全都非常明白。

從身為國王的草柳身上搶到頭帶的這一瞬間，便確定是白組獲勝了。

播報員慢幾拍後察覺到這個事實，握住了麥克風。

『沒、沒、沒想到————！雛海選手！居然繞到了草柳選手背後，將頭帶搶到手啦————！由於身為國王的草柳選手被搶走頭帶，比賽結束！勝者是白組————！』

「「「太好啦～！」」」

勝負已經確定，我們白組漂亮地拿到勝利！

或許是太開心，參加騎馬戰的白組所有人都不禁擺出握拳的勝利姿勢。

「雛海！做得好！」

「雛海同學表現得很精彩嘛！」

「做得很好喔！」

加油區四處傳來恭喜我們獲勝及稱讚雛海表現的話語。

在一年級生的騎馬戰中，我們總算是阻止草柳大顯身手，拿下了勝利。

「太好了，雛海！」

我一邊放下雛海，一邊說道。

「嗯，真是太好了呢！耶～！」

我們相視而笑，互相擊掌慶祝勝利。

第十六話

礙事者

騎馬戰結束，在我——草柳參加下一場競賽前，有一些空閒的時間。

我利用這個空檔，帶著同樣是運動會執行委員的真鍋來到校舍後面。

會來這種昏暗又完全沒有人的地方，只有一個理由。

「混帳！到底是怎樣啊！為什麼那傢伙……慶道要阻撓我！」

擬定的策略沒有一個成功，我現在很煩躁。

為了發洩這股煩躁感，我使勁用拳頭猛捶牆壁。

伴隨一聲脆響，拳頭傳來劇痛，但還是無法平息我的怒火。

要是我的策略成功，現在絕對已經創下許多精彩表現，成為ＭＶＰ的有力人選。

然而……儘管如此！

慶道卻一次又一次地阻撓我！

借人競爭的時候，箱子裡的紙不知為何被換掉，九條還被他帶走了。

剛才的騎馬戰也是，完全被對手的計策耍得團團轉。

回想起來，我的策略不奏效時，慶道一定在附近。

一個長得沒比我帥的邊緣人，為什麼要百般阻撓我！

混帳東西！

我再次用拳頭捶牆，呼吸急促。

「好、好了啦，草柳。你再捶下去，拳頭會廢掉的。」

在旁邊看著的真鍋這麼說道，但我瞪了他一眼。

這傢伙是少數知道我策略的同伴。雖然真鍋幫忙構思了很多策略，卻根本沒有一個是成功的。

仔細一想，都是這傢伙所想的點子太容易被看透了，是他的錯吧？

「呃，喂，草柳，你怎麼了？露出那種嚇人的眼神。」

「你裝什麼傻啊……嗄？」

我用力揪住真鍋的前襟，帶著殺意將怒氣發洩到他身上。

「幹嘛一副事不關己的表情啊！還不是因為你想的策略都沒用才會變成這樣！有點自覺好嗎！我不惜撒謊也要接近『千年一遇的美少女』不就沒意義了嗎！」

聽到我這番話，真鍋渾身顫抖起來。

「抱、抱歉！真的是我不好！但、但是我也沒想到會被阻撓成這樣啊！」

「啥？所以是怎樣？你的腦袋還不如那個遲鈍無知的邊緣人嗎？」

「不、不是不是！我並不是那個意思！連續發生不正常的情況，沒辦法將事情拉回正軌啊！原諒我吧！」

要是真鍋的策略全都成功，後夜祭的告白也順利，雛海就會成為我的女人。

儘管如此……

明明外表和人緣等各方面都是我占上風，為什麼會是慶道領先一步啊？

想想就火大。可惡！

「不、不過還有勝算！總得分還是我們比較高！只要在最後的項目——各年級選拔接力賽跑成為第一名，就有可能被選為ＭＶＰ！」

聽到這些，我輕輕放開真鍋的前襟。

的確，最後的項目有逆轉的機會。

各年級選拔接力賽跑。

這個項目是從各年級的每個班級中選出一男一女作為代表，進行接力賽跑。

真鍋說得沒錯，如果在這個項目得到第一名，就有可能被選為ＭＶＰ。

但要是又被慶道阻撓就麻煩了。畢竟我和那傢伙參加的項目全部都一樣，也不知道是不是巧合。

為了確保獲勝，必須讓這傢伙……

讓真鍋採取各種行動才行。

「也是，你說得對。但如果不能確保拿到勝利，那就沒意義了。我記得你……是棒球隊的吧？」

「咦？對、對啊，是這樣沒錯。怎麼了嗎？」

在各年級選拔接力賽跑中，我和慶道是最後一棒的前一棒。

如果我在這時候輸給他，那就沒戲唱了。不過，讓慶道受傷會怎麼樣……

要是那傢伙沒辦法使出全力來奔跑呢……？

「真鍋，你按照我說的行動。把那傢伙的腳……給廢了！」

我將想到的策略全都告訴真鍋。

只要進行得順利，就能廢掉慶道的腳。

◇◇◇◇

下午的比賽項目幾乎都結束，接下來要進行最後的項目，也就是各年級選拔接力賽跑。

各年級選拔接力賽跑是紅組和白組各編兩支隊伍，由四支隊伍來競爭排名。

作為我們A班的代表參加這個項目的，是我和雛海。

雛海當最後一棒，我則是前一棒。

目前的得分是我們白組落後。不過，只要贏下這場競技，就能反超紅組。

這麼一想就更緊張了。

「好，時間差不多了，我們走吧，雛海。」

「說得也是！走吧！」

我在加油區跟坐在隔壁的雛海一起站起來，走向集合地點。

「雖然現在得分落後，但贏下這場比賽，就還有逆轉的可能吧。」

「對呀，不要放棄就還有希望！」

雛海朝我露出燦爛無比的笑容。看到那張純真又可愛的笑臉，我的疲勞就一口氣飛到地平線的彼端了。

真是不得了，只是看到笑容，今天的疲勞就消失無蹤了。

「沒錯。話說回來，雛海妳有很多精彩的表現吧。妳參加其他項目不是也表現得非常好嗎？」

除了騎馬戰以外，雛海還有參加丟球比賽和兩人三腳。

尤其是兩人三腳真的很厲害。

她跟友里默契一致地奔跑，拿下遙遙領先的第一名。搞不好創下了過去最高紀錄。

不管由誰來看，雛海都是白組裡表現最好的人。

「沒那種事啦。多虧大家的幫忙才能拿到好成績，我沒做什麼了不起的事情……」

「不要講這種話啦，雛海。有妳在才能成功，對此感到自豪也沒關係吧？」

「是、是嗎……耶嘿嘿，有點開心呢。」

「問妳喔，雛海。妳覺得運動會好玩嗎？」

看著面露喜色的雛海，這句話自然而然地從我口中說了出來。

遠在運動會開始之前，雛海就很期待今天的來臨。

她以前似乎都沒能跟友里和古井同學同班，所以沒有三個人一起度過學校活動的回憶。

因為三個人之中，總會有人在敵對的組別。

不過，感情融洽的三人組今年可以一起參加運動會，她拚命地想要創造美好的回憶。

可能是因為這樣，我才會問出這種問題。

「嗯！我非常開心喔！而且也創造了很多回憶！小涼你看這個！」

雛海一臉幸福地將保存在手機裡的照片地給我看。

「這張呢，是我和友里還有占古三個人剛才在加油區拍的！啊，還有這張呢，是古古參加比賽時的照片！拍得很可愛吧！然後這張是友里的照片！她全力奔跑的模樣很帥吧！最後是小涼的照片唷！這是你在借人競爭的時候，在起跑線準備衝刺的樣子！非常威風呢！」

雛海一張又一張地說明今天拍到的照片。

不只是友里和古井同學，連我都有拍，這讓我有點驚訝，但因為成了雛海的回憶之一，我並沒有感到不愉快。

儘管被草柳盯上，保持這個步調應該就能順利脫險。

在運動會拿下優勝，阻撓那傢伙對雛海出手，就可以多爭取一點時間。所以，雛海和草柳大概不會太快就交往。

「這樣啊……有創造很多回憶真是太好了。」

「嗯！今天回家後，我有很多事要跟媽媽分享！」

「原來如此。那最後的接力賽跑也要贏，就這樣拿下優勝！獲得勝利，留下美好的回憶吧！」

「嗯！一起加油吧！」

我跟雛海看著彼此，愉快地笑了起來。

我覺得我們會拿下優勝。按照這個情況，接力賽跑應該也能贏。然後保護雛海，幫忙她創造回憶。

正當我心中如此想著，前往集合地點之際——

「啊！抱歉！我在趕時間！借過一下喔！」

有人垂著頭從我面前跑過去，同時——

啪嘰！

一股彷彿骨頭被壓斷的尖銳劇痛從右腳傳遍了全身。

痛得不得了！怎麼會這麼痛？

我的右腳絕對是被某種銳利硬物踩到了。那是鞋底有硬物附著在上面的鞋子，可能是足球、棒球或田徑隊的釘鞋。

我因為猛烈的劇痛而停下腳步，就這樣蹲下來，將手放在被踩到的右腳上。

這下很不妙。被踩的不是腳尖，而是腳背。被踩到的觸感還很強烈地留在上面。

「咦？小涼，你怎麼了？」

雛海歪著頭，疑惑地注視著我。但即使我這時候喊痛，情況也不會有所改善。

難得雛海這麼開心地跟大家創造回憶。

不能連累她為我擔心。

「啊，我沒事。只是鞋帶鬆開了，妳先走吧。」

「咦？綁個鞋帶而已，我完全可以等你呀。」

「呃，不是，綁完鞋帶後，我打算上個廁所。所以妳先過去吧。」

「啊，原來是這樣呀。嗯，我知道了。那晚點見嘍！」

「好！」

雛海就這樣轉向前方，獨自前往集合地點。

確認雛海混入人群之中消失後，我脫掉鞋子，檢查被踩到的右腳腳背。

結果就發現……那裡像是被蜜蜂螫過一樣，紅腫了起來。

哎，糟糕了。

我有股不妙的預感……

◇◇◇◇

『各年級選拔接力賽跑終於進入尾聲了！目前是由紅組選手領先！第一名是紅組A隊，第二名是白組A隊，第三名是紅組B隊，第四名則是白組B隊！究竟一年級的選拔接力賽跑會是哪隊拿下勝利呢！』

各年級選拔接力賽跑開始後，經過一陣子，已經差不多要迎來最終局面。

我在跑道旁邊看著接力賽跑，靜靜地等待自己上場的時候來臨。我是最後一棒的前一棒，預計是第五棒。

然而，剛才不知道被誰踩到了腳，右腳的腳背正一片紅腫。光是走路就會傳來難熬的劇痛。相比之下，在旁邊等待的草柳似乎狀態絕佳，一副自信滿滿的模樣。

這也是當然的。

目前跑第一名的是草柳的隊伍，我的隊伍則是最後一名。

第一棒在起跑時跌倒，大幅落後其他人。

而且草柳那隊有很多具備田徑經驗的人，被拉開了相當大的一段差距。

無論是身體狀況還是名次，都是我居於劣勢。

再這樣下去，草柳就會第一個抵達終點，我們隊伍搞不好是最後一名。要是變成這樣就糟透了。

總得分是紅組比較高。我們在這裡輸掉，逆轉的可能性幾乎是零。

只要維持這個名次，紅組就確定勝出。

所以他才會看起來那麼從容。

『接力棒現在交到第四棒選手的手上了！目前的名次依然由紅組A隊暫居第一名！他們有辦法維持這個名次，將接力棒交到最後一棒的手上嗎！然後第五棒選手現在排列在跑道上了！』

我忍著劇痛，靜靜地就定位，等待接棒。

這時，站在隔壁跑道的草柳看向我，眼神帶著些許輕蔑。

「慶道同學，你從剛才就一直拖著腳走路，沒事吧？」

雖然聽起來像在關心我，但真實想法大概不是這樣吧。他一定在內心笑我變成這副模樣。

命令同伴用釘鞋踩我的腳的……是這傢伙。

證據就是他是唯一察覺到我有異狀的人。他在嘲笑我忍受著劇痛。

「沒事啊，只是腳被踩了一下而已。」

其實光是走路就很痛，但我死也不要在這傢伙面前示弱。

我也是有背負著的事物。

「是嗎？但硬撐著上場是不行的喔，可別逞強了。」

草柳露出爽朗的笑容，說出這種話。

在我跟草柳交談時，拿著接力棒的選手正在逐漸接近。

『終於輪到第五棒的選手了！目前跑第一的是英雄草柳同學所在的紅組A隊！白組有辦法逆轉嗎？』

「這邊！」

第四棒選手進入接力區後，草柳就舉起手高聲說道。

第四棒選手沿著草柳的聲音一直線地衝過來，然後——

『接力棒交給草柳選手了！英雄終於拿到了接力棒！他有辦法守住名次，將接力棒傳給最後一棒嗎！』

在播報員激昂的情緒中，草柳握緊接力棒，快速地衝了出去。

我跟他的距離愈來愈遙遠。

看到草柳展現出俐落飛快的跑姿，加油區的學生們……

「草柳同學～！加油～！」

「加油！」

「我們都支持你唷～！」

大家都在拚命聲援草柳。可能是對這些加油聲感到很高興，草柳臉上微微勾起竊笑。

可惡，那傢伙起跑衝刺做得很漂亮嘛。

草柳衝出去後，經過了一下子，接力棒也傳到我手上了。

作為最後一名拿到接力棒的瞬間，我立刻追趕草柳的背影。

不能讓草柳就這樣作為第一名抵達終點。我絕對要追上去，將接力棒傳給雛海。

儘管我這麼想，但現實可不會那麼順遂。

每跑一步，每次用力踩地面之際——

力。

喀！

都會有一股彷彿被打入釘子似的痛楚直鑽腦部。我在劇痛之中奔跑，實在沒辦法使出全力。

『哎呀！慶道選手！難道腳在痛嗎？他並沒有發揮出過去競賽中的跑速，這樣要追過其他選手可就很難了！』

我瞥了眼白組的加油區，看到同班同學及同伴都不安地注視著我。

哎，可惡。我也太丟臉了。

雖說是被踩到腳了，但最後一刻竟然是這副醜態啊。

再這樣下去就沒希望逆轉了……只到這裡了嗎？可惡！

在我咬牙切齒地如此心想的時候——

不曉得為什麼，我猛然想起跟優姬小姐的對話。

我不知道為何會突然想起來。連我自己也疑惑怎麼會是在這種時候。

儘管如此，優姬小姐當時的那句話，重重地迴響在我瀕臨放棄的內心之中。

——即使只有就讀高中的這段期間也好，那孩子就麻煩你了。

想起這句話的瞬間。

我的身體深處不斷湧出力量。

被踩到的腳並沒有痊癒。然而，就算是在劇痛當中，我的腳也開始能夠使勁奔跑，逐漸恢復原本的狀態。

雖然我說不太上來，但現在應該沒問題。我覺得自己辦得到。

沒錯，別忘了，我可是發過誓的。

一定要保護雛海！

現在可不是放棄的時候！怎麼能因為一點小痛就輕易放棄啊！

給我等著吧，草柳！

『……咦？太、太驚人了！慶道選手在這時候突然加快了速度！雖然不知道究竟發生了什麼事，但他還在不斷提高跑速！逐漸拉近與其他選手之間的距離！』

草柳立刻轉頭向後，確認狀況。

看到我慢慢縮短距離，直到剛才都勝券在握的草柳，表情一口氣垮下來。

草柳驚訝的同時，也轉頭向前拚命狂奔。不過，我緊緊追在後面。

我一個又一個地追過了其他選手。

右腳的劇痛此刻也傳遍了全身，坦白說跑起來很痛苦。

但是，我答應過的。絕對不能輸。

我才不會把雛海交給你這種傢伙！

就在剩下三十公尺左右的距離時，我終於追上草柳，與他並駕齊驅。

『慶道選手追上草柳選手啦————！他追上了剛才還是第一名的紅組選手草柳同學！究竟會是哪一邊獲勝呢！』

「啥！又是那傢伙啊！不要阻撓草柳同學啦！」

「草柳同學！加油，別輸了！」

「不要輸給那種傢伙！我們學校的英雄！」

對於我急起直追，加油區四處傳來嘈雜的聲音。

靜靜一聽，幾乎都是在抱怨我。

但這也是當然的。草柳本來跑第一，卻突然被我這種路人給追上了。阻撓明星表現的傢伙受到這種對待，反倒很正常。

不過，沒有關係。

周遭人們再怎麼批評我、嘲笑我、看不起我。

只要能夠在背地裡保護好雛海就足夠了。

我不理會那些聲音，凝視著正在等待接棒的雛海，使盡全力狂奔過去。

「小涼！這裡！」

她看著我的眼睛，大聲喊道。

在周圍不斷傳出抱怨的聲音之際，只有雛海筆直地注視著我。

她臉上沒有任何一絲不安，用認真且熱切的眼神看我。

雛海那坦然的眼眸讓我重新鼓起勇氣。既然她相信我，那我就不能辜負她的期待！

我跟草柳幾乎是同時進入接力區，我就這樣將接力棒傳給雛海。

「上吧，雛海！」

「嗯！」

雛海握著接力棒，猛力蹬地而起，朝終點衝過去。

我注視著她飛奔離去的背影，身體一口氣脫力，接著——

咚！

伴隨著沙塵，我狠狠地倒在了地上。

啊哈哈哈哈！真丟臉。雖然幾乎跟草柳同時抵達，成功將接力棒傳給了雛海，但最後是這副模樣還真糗。

『雛海選手！從慶道選手的手上拿到接力棒後，就這樣直衝出去了！紅組A隊拚命地追趕在她後面！但是！雛海選手好快！雖然幾乎是同時拿到接力棒，差距卻拉得愈來愈大！難道白組要逆轉了嗎？』

聽到播報員的聲音，我暫且放心了。雛海並不是對運動不在行的女生。

打排球的時候也是，她相當習慣運動。所以照這個情況來看，她應該能夠第一個抵達終點吧。

接下來的事情就交給雛海，我往後一看。

只見剛才喘著氣完成交棒的草柳就在我正後方，一臉不甘心地瞪著我，還緊緊握著拳頭。

「為、為什麼……為什麼你總能領先我一步？借人競賽和騎馬戰的時候也是！為什麼你都要站在領先一步的位置阻撓我！」

那個爽朗的帥哥露出猙獰的模樣，而且情緒很不穩定。

看來他是對我感到相當不爽。

古井同學的策略成功，草柳的策略沒有奏效，甚至在最後的接力賽跑被我單純用實力追上。

他不可能保持冷靜。作為大明星受到萬眾矚目，結果表現一再失利，即使紅組勝出，他大概也拿不到MVP了。

我抬起筋疲力盡的身體，緩緩站起來。

「我並沒有阻撓你。我只是……在保護一個人而已。」

「啥？你說……保護？」

聽到我這麼說，草柳有點訝異。

究竟在保護誰？

他看起來很想問，但我不理他，走進跑道內側。

我跟你無話可說。當我進入內側的瞬間——

『雛、雛海選手！第一個抵達終點啦——！她沒有被紅組A隊追上，以第一名之姿抵達終點了——！』

「「「哇喔喔喔喔喔喔！」」」

整個會場掀起了今天的最高潮。

雛海抵達終點後，身體一轉，面向加油區。

「大家！謝謝你們幫我加油！能夠第一個抵達終點我好開心！」

作為第一名抵達終點的雛海一邊朝加油區的人們揮手，一邊露出笑容回應。

許多學生為她鼓掌，稱讚著她。

「耶嘿嘿。」

雛海開心地笑著，朝加油區比出V字手勢。

看到那張可愛的笑臉，會場氣氛更加熱烈了。

很好，多虧雛海的出色表現，總算是第一名抵達終點了。

在大家關注雛海之際，我拖著腳步返回加油區。
這樣一來，應該算有幫忙雛海創造美好的回憶吧。

在地鐵拯救美少女後
默默離去的我，
成了舉國知名的英雄。

第十七話 真相

各年級選拔接力賽跑落幕，運動會所有賽程都順利結束了。

目前正在等待公布結果。還有一點時間可以自由活動。

我——九條雛海利用這個空檔，把某個人叫到校舍後面。

我偷偷跟對方說，有件事不想被任何人知道，希望能在很少人經過的校舍後面見面，便請他過來這裡了。

我有件事一直很想問那個人，一直很想確認。

但遇見恩人時太開心，後來又忙著準備運動會，我錯失了時機。

所以，我現在就要開口詢問，親自確認這件事。

草柳同學是不是真正的救命恩人。

「那、那個……抱歉，草柳同學，突然把你叫過來。」

我認真地注視著草柳同學。而他則揚起嘴角笑了笑。

「沒關係，九條同學，我完全不介意。」

「謝、謝謝你。我只是想跟你確認一件事，很快就結束！」
「是嗎？但我想跟妳在這裡多聊久一點呢。」
「不行！不、不可以這樣！畢竟時間有限。」
我拚命搖搖頭，切入正題。
「我今天把你叫來這裡，是有樣東西想給你看一下。」
「給我看？」
「你、你看，就是這個。」
我拿出放在口袋裡的東西，遞給草柳同學看。
知道草柳同學是當時拯救我的男學生時，我很開心。真的很開心。覺得這彷彿命中註定的相遇。
但是，我心頭有一絲異樣感。
我對他的背影實在一點印象都沒有。雖然很想相信他，但無法完全相信。
所以，我想確認他記不記得這個御守。
「那、那個……草柳同學看過這個御守嗎？」
我心跳加快，感覺心臟隨時都會破裂。
緊張得不得了，好像是在告白一樣。

根據這個問題的回答，就能知道草柳同學是不是真正的救命恩人。

如果是當時拯救我的男學生，應該會記得這個御守。

我眼神認真地盯著他看，然後他開口了。

「沒看過耶，怎麼了嗎？」

聽到這句話的瞬間——

我腦袋一片空白，沒辦法接受現實。

由於受到太大的打擊，我說不出話來。

他一直陪伴在我身邊。

但是……

這一切都是謊言。

他欺騙我，欺騙所有人，接受不屬於自己的讚美。

一片空白的腦袋逐漸理解情況。與此同時，內心深處湧起一股怒火。

這個人……始終在欺騙我。

我不知道原因，但他就是在欺騙我，玩弄我的心意。

儘管如此，我卻渾然不覺……

「嗯？怎麼啦，九條同學？妳臉色不太好看喔。」

草柳同學探頭看我的臉，這麼說道。

「沒、沒事！我很好！啊！時間也差不多了，必須回去才行！那我就先走了！」

我轉身，逃也似的離開這個地方。

草柳同學喊著「妳突然怎麼了？等一下啊！」想要留住我，但我完全不理會，咬牙不斷奔跑。

好丟臉。我覺得自己真的很丟臉。

當我因為小涼和友里的關係而舉棋不定時，草柳同學出現了。

但事情實際上不一樣。

沒有什麼命中註定。單純是我受騙上當而已。

好不甘心……也對這麼丟臉的自己感到火大。

為什麼我沒有多抱持幾分懷疑呢？

我真的是個笨蛋……

當我緊抓著御守狂奔之際，不知不覺中，淚水奪眶而出。

◇◇◇◇

休息時間結束，終於要公布優勝組別及ＭＶＰ。

還不清楚是哪一組獲勝，誰會被選上。

全校學生密密麻麻地站滿操場，靜靜等待公布結果的時刻。

這時，隔壁的重度虐待狂王女古井同學雙手抱胸，朝我說道：

「運動會表現得如何？」

「這個嘛，古井同學的策略全都很成功，所以結果很圓滿。妳果然很厲害耶。」

「這點程度很普通，我又沒做什麼了不起的事。」

「到了這個地步，反而覺得妳有點可怕啊。」

「有點可怕的女人最有魅力好嗎？不管在哪個組織都能發揮所長。」

「話、話是這麼說沒錯啦……」

「再來只要我們白組獲勝，草柳以外的人被選為ＭＶＰ就沒事了。」

「是啊，該做的事情都做了，之後就交給神明吧。」

我說完之後，大概是放在總部的麥克風打開了，可以用很大的音量聽到華老師的聲音。

『好～兩校的各位學生，運動會辛苦了！哎呀～真的是勢均力敵的比賽呢。雖然是第一

第十七話
真相

次舉辦聯合運動會，但氣氛十分熱烈，對我們來說，沒有比這更令人高興的事情了。那麼，接下來就要公布各位期盼已久的結果。白組和紅組，究竟哪一邊獲勝？而在這次的運動會中表現最優異的又是誰？這兩個結果即將揭曉。首先公布優勝的組別。在今年的聯合運動會中，獲得優勝的是……』

華老師停頓幾秒。我在這段空檔緊張得不得了。

來吧，到底是哪一邊贏？

在大家的注目之下，華老師高聲如此宣布：

『恭喜白組獲勝————！今年的運動會是白組拿下勝利————！恭喜各位！』

「「「太好啦————！」」」

我們白組無法保持沉默，無論男女都放聲大叫起來。

看向周遭，有些人開心到抱在一起，也有人雀躍地不斷跳著。

我在這些人當中默默擺出握拳的勝利姿勢。

很好！我們獲勝的話，草柳就不會被選為ＭＶＰ了！

總之，事情應該可以順利收場了。成功阻止草柳和雛海藉由這次的運動會交往。

呼～稍微安心了。卸下了一點肩上的負擔。

「太好了，總算是從草柳手中保護了雛海。」

「沒錯，就是說啊，古井同學。真的太好了。」

「但還不能鬆懈喔，這一切還沒有結束。運動會結束後，那兩個人也有可能突然拉近距離，要保持謹慎。」

「明白！」

在我們白組因為獲勝而歡喜鼓舞之中，華老師接著公布MVP，

『哎呀～紅組的各位同學也很努力喔！無論輸贏，只要玩得開心就好！那麼，最後要來公布MVP。今年的MVP是……在騎馬戰和接力對抗賽中大顯身手的九條雛海！今年的MVP就決定是雛海了！』

確定MVP是雛海的瞬間，不分紅白組，操場一口氣騷動起來。

「九條同學確實是最搶眼的呢。」

「九條同學表現得非常棒，我早就猜到了！」

「果然是雛海同學啊～畢竟大受矚目嘛～」

竟然是雛海被選上啊。她確實表現得很好，但沒想到真的是她。

我只顧著思考如何阻止草柳拿到MVP，完全不在意誰可能會被選上。

『那麼，被選為MVP的雛海，請到前面來簡單發表感言。』

前方傳來雛海充滿活力地回答「是！」的聲音。

第十七話

真相

她離開隊列，就這樣從兩校學生的面前跑過去，來到華老師身邊。

接著，她拿起麥克風，輕輕點了一下頭，緊張地致詞：

『那、那個！我是時乃澤的一年級生九條雛海！非常開心被選為今年聯合運動會的MVP！全都要多虧大家的幫忙才能獲得這個結果！真的很謝謝大家！』

聽到雛海的話語，所有人都鼓掌。

在一片掌聲與喝采中，操場某處傳來應該是高年級男生的聲音，如此說道：

「既然被選為MVP，那後夜祭要跟誰跳舞？是草柳嗎？」

繼這句話之後——

「妳要指名草柳同學當舞伴嗎？」

「果然是要跟英雄跳舞嗎？」

「咻～！乾脆跟草柳交往了啦！」

不斷傳出這樣的催促聲。

糟糕，原來如此……

我們雖然阻止草柳被選為MVP，但沒有考慮到雛海被選為MVP的情況！

從隨機殺人魔手中救了她一命，然後兩人奇蹟似的再次相會。這種跟愛情電影沒兩樣的情節可是很難發生的。

再加上他們兩個都相貌出眾，又很受歡迎。

不交往反而才奇怪。

要是雛海這時候指名草柳……

完蛋了。那傢伙一定會在跳舞時告白，跟雛海交往。

我瞥了眼隔壁的古井同學，發現她正緊緊咬著拇指的指甲。

「不妙，這個發展不在預料之內。幾乎沒有提前準備雛海被選上時的對策。要是雛海跟他們說的一樣指名草柳，那一切就結束了。我太大意了……！」

古井同學好像也沒考慮到會有這種發展。

那個冷靜的古井同學罕見地出現一絲慌亂。

糟糕，這下沒救了。雛海鐵定會指名草柳。

心情從喜悅轉為絕望。雖然我這麼想，現實卻不是這樣。

只見雛海緊握著麥克風。

『……我絕對不會指名草柳同學。』

她這麼說了。

這一瞬間，整個會場安靜下來。悄然無聲，誰都沒有說話。

咦？為什麼不指名？儘管是冒牌貨，但他可是雛海的恩人耶。

所有人一定都是這麼想的。然而她為什麼……
正當大家為這句話感到疑惑，雛海從口袋裡拿出某個東西，展示給大家看。
因為隔了一點距離，我看得不是很清楚，不過那該不會是……御守吧？
『我現在右手拿著的這個東西，是當時那位救命恩人的御守。他在我面前遺落這個御守，沒有留下名字就離開了。我已經下定決心，未來遇見恩人的時候，一定會把這個御守還給他。但是……草柳同學說他沒有看過這個御守。如果他是本人，應該會說他看過。所以草柳同學……』
最後，雛海在全校學生面前斬釘截鐵地說：
『他是冒牌貨。』
震撼的事實被揭穿，眾人目瞪口呆。
草柳外貌英俊，運動神經也很好，而且備受許多人信賴。
所以他說自己是英雄時，沒有人懷疑他，反而深信不疑。
然而，這份信用在此刻破產了。
草柳過去受到那麼多矚目，被捧為英雄。
但他其實是冒牌貨這件事，終於公諸於世。
「等、等一下，九條同學！我是本人啊！沒有騙妳！我只是一陣子沒看到，忘記御守長

合格祈願

什麼樣子而已！」

紅組的隊列傳出這種強詞奪理的辯解聲。

對此，雛海冷靜回應：

『這樣啊，那麼，請問你是在哪裡買到這個御守的呢？還是在哪間神社求來的？既然是原主，應該記得很清楚吧。』

「這、這個……」

草柳不可能回答得出來。你不是本人。

怎麼可能知道那個御守是哪裡的東西？

『你說自己是英雄時，我真的很高興，但對你的背影就是沒有印象，是我第一次看到的背影。我遲遲找不到確認這件事的時機，導致現在才發現，不過能知道你的本性真是太好了。草柳同學，你利用了我的感情，根本是個騙子。今後不管發生什麼事，我都絕對不會原諒你的。』

鏗鏘有力地說完，雛海將麥克風遞給華老師，便回到原本的位置了。

與此同時——

「怎麼可能啊——————！」

我清晰地聽見了草柳崩潰跪地的聲音。

第十八話 真實身分

公布完運動會的結果，接下來要舉行後夜祭的舞會。

所有要參加的學生都在著手準備，只有我和古井同學偷偷地來到校舍後面密會。

在舞會開始之前，我們討論了一下今天發生的事情。

「沒想到雛海會自己發現草柳的真面目。我完全忘記有御守了，真是感謝神明保佑。」

「的確，我這個遺落御守的當事人也忘了。」

我們的作戰目標是阻止草柳和雛海在運動會交往。

原本打算以後再考慮後續的事情，但情況發生了變化。

雛海識破草柳的真面目，還在全校學生面前揭穿他是冒牌貨。

真的作夢也沒想到會有這種發展。

順便補充一下，草柳後來遭到了嚴厲的抨擊。

「竟敢欺騙大家！」

「卑鄙小人！」

「有夠差勁的渣男！」

四面八方傳來責罵聲，他抽抽噎噎地哭著，平時那副爽朗的笑臉皺成一團。

欺騙雛海、操弄人心的代價很龐大。他已經可以說是失去了一切信用、朋友及同伴。

現在人被帶到星林高中的校長室查問冒名頂替的原因。

畢竟引起媒體那麼大的關注，不是用一句「對不起」就能了事的。

他大概會被勒令停學，最糟的情況下可能就是退學。

「我以為是古井同學妳對雛海說了什麼，結果不是嗎？」

「對，我什麼都沒說。沒想到當時的御守會招來這樣的結果。」

古井同學繼續說：

「不用擔心雛海會和草柳在一起了，暫且可以鬆一口氣，不過你……腳沒事吧？最後的接力賽跑看起來很痛的樣子。」

古井同學看向我的右腳。

現在還是很痛，但我笑了笑，不想讓她擔心。

「我沒事，只是腳被踩了一下而已。」

「是喔～這樣啊，等一下的舞會有辦法參加嗎？」

「跳個舞是沒問題啦，但我應該不會參加吧。」

「……咦？你不參加嗎？為什麼？大家都會參加喔。」

古井同學說得沒錯，舞會是後夜祭的壓軸活動，基本上參加的人很多。

尤其今年是聯合運動會，許多男女在這裡邂逅彼此，有形形色色的搭檔組合參加。

然而，我還沒有搭檔，找不到人一起跳舞。

腳雖然很痛，但勉強還能跳舞。不過沒舞伴就沒轍了。

「就算參加了，也沒人跟我跳舞啊。而且不會有人指名我啦，所以我要回家了。」

「但這可是一年一度的運動會，參加比較好吧？」

「我們已經達成了一開始的目的，這樣就夠了。」

「……是嗎？反正我也沒打算逼你參加。」

古井同學露出無法理解的表情。我還以為她一定會逼我參加，這個反應倒令我有點意外。

「我不參加舞會，差不多可以回家了，待在這裡也沒事做。啊，古井同學，我最後可以再說一件事嗎？」

「怎麼了？」

我停頓一下，儘管內心有股刺癢的感覺，依然定定地看著古井同學的眼睛。

「……真的很謝謝妳。要是沒有妳在，事情就不會這麼順利了。多虧有妳，謝謝。」

正因為有古井同學幫忙，才能走到今天這一步。雖然很辛苦，有時候還會被她捉弄，但沒有她在的話，我應該辦不到這些事情。

所以，我向她致上感謝。

聽到我這麼說，古井同學耳朵驀地泛紅。她就這樣撇開頭，語氣慌亂起來。

「這、這點小事又算不了什麼！突、突然說這些幹嘛啦！這、這個笨蛋！」

哇～古井同學果然禁不起稱讚。這絕對是她的弱點。

真是一大收穫。古井同學受到稱讚後，就會忍不住害羞啊。

「抓到古井同學的一個弱點了！平常都是妳在捉弄我，下次我要討回來！」

我產生一些勝券在握的自信後，原本滿面通紅的古井同學突然恢復原狀。與此同時，周遭一帶的空氣冷了起來。

「啥？小心我殺了你。我是指社會性死亡。」

「啊，是，很抱歉……」

這個人果然很可怕！那眼神是怎樣！簡直就是猛獸啊！我知道她在警告我不要得意忘形！

變臉變得真快。

「總、總之就是這樣，我先準備回家了。」

再待下去恐怕小命不保，我打算離開。

這時，古井同學忽然抓住我的手，讓我走不了。

「怎、怎麼了，古井同學？」

「我也可以最後再問一件事嗎？」

古井同學不管我的反應，直接拋出問題。

「你為什麼不在這個時候坦承身分？」

「……咦？什麼意思？」

「畢竟已經知道草柳是冒牌貨了。身為本人的你要說出真相的話，現在正是絕佳的好機會。萬一錯過，以後就不會再有了。真的沒關係嗎？我知道你過去沒能拯救朋友，但你打算一輩子隱瞞自己的真實身分嗎？」

的確，古井同學說得沒錯。

冒牌貨如今被揭穿，正是坦承身分的好機會。這次錯過，那就別想再有這種機會。

不過……就算這樣。

我還是要隱瞞真實身分到底。

「雛海是照亮大家的光芒。」

「咦？」

「雛海既活潑又可愛，任何人都喜歡她。她的存在會讓大家的心情開朗起來。所以我……當那抹光芒的影子就好。成為影子支持著她，這樣就足夠了。不用改變這個狀態。」

我說完，古井同學也許是理解了，便緩緩地放下手。

「是嗎？我知道了。今後她也拜託你了，無名英雄。」

「嗯，那我走了。」

我從古井同學的身邊離開。

達成使命了。接下來就回家好好休息吧。

古井和涼這兩人為了不讓周遭的人聽見，便悄悄來到校舍後方談話，然而，卻被某個人偶然聽見了。

（咦咦？不、不會吧！涼他……是當時那位英雄本人嗎？）

聽到兩人在校舍後面的對話內容，這個人感到目瞪口呆。

（沒、沒想到涼和小古井在背地裡聯手做這些事。）

偷聽對話的人……

是涼的音遊同好——友里。

為了跟涼一起在舞會跳舞，她跟上涼的腳步打算提出邀約，結果就偶然聽見了。

面對令人震撼的事實，友里差點癱坐下來，但還是拚命地奔離校舍後面。

第十九話　我……

騙人的……吧？

涼竟然就是拯救雛海的英雄，我完全沒有察覺到啊！

雖然不知道小古井是怎麼知道涼的真實身分，但他們兩人聯手從草柳手中保護了雛海。

我也明白涼為什麼在最後的接力賽跑會跑成那副筋疲力竭的模樣了。

他是為了保護雛海。

沒想到英雄就近在身邊，真是嚇了一跳。

可是，為什麼他不把真相告訴雛海呢……

有什麼複雜的內情嗎？

哎，我好像聽到不得了的祕密！該怎麼辦才好？

我偷聽的事情應該沒有被發現才對，假裝不知情，去邀請涼跳舞就好了嗎？

但反而會緊張耶。面對真正的英雄，我有辦法維持自然的表情嗎？

唉～該怎麼做呢？還要跳舞嗎？

確認離校舍後面夠遠後，我就在操場內走了起來。

環視周遭，到處都是成雙成對的男女情侶。

嗚、嗚哇！是現充！一整群的現充啊！

好好喔～能夠跟心儀的人跳舞。我也很想邀請涼就是了。

但這下該怎麼辦？真擔心。

如、如果用手機聯絡他……

我從口袋拿出手機，準備聯絡涼。

這時，後方傳來這樣的聲音。

「那、那個……雛海同學！不介意的話，請跟我跳舞吧！」

「我、我也還沒有搭檔！雖然不是英雄，但還是想跟九條同學跳舞！」

「九條同學！請務必跟我跳舞！」

「大、大家！請、請冷靜一下！」

我回頭一看，發現有許多男學生，以及在他們示愛之下面露苦笑的雛海。

啊，雛海看起來真辛苦呢。

大概將近十個人吧。竟然受到這麼多人邀請，令我有點羨慕。

她那麼受到矚目，還被選為ＭＶＰ，會這樣也是正常的吧。

雛海會跟誰跳舞呢～這令我有點好奇。
不過，與其關心別人，先管好自己的事吧。
我也要鼓起勇氣聯絡涼……
我打算用手機傳訊息。
但不知為何，我的手動不了。
涼和雛海的關係在我腦中揮之不去。
涼一直隱瞞真實身分，在雛海背後默默守護著她。
他並未對小古井以外的人揭露身分，獨自守護著雛海。
另一方面，雛海雖然被冒牌貨騙了，但現在依然在尋找真正的恩人。
他們兩人明明離得如此近，卻沒有相認的機會。
這樣真的好嗎……
畢竟，涼今天一整天都在努力保護雛海，直到最後一刻。然而，他卻沒有獲得任何人的稱讚就要直接回家，這未免也太……
而且雛海應該也想見到恩人吧。
知道他們兩人的關係後，只有我一人度過愉快的時光是可以的嗎？
我有辦法開心地跳舞嗎？

想到這裡，我自然而然地關掉手機的畫面。

我實在是無法坐視不管。

我喜歡涼，非常喜歡他。

但是，儘管如此——

他都那麼努力了，獲得一點犒賞也不為過吧。即使就這樣讓我一人占盡好處，我也一點都開心不起來。

既然聽到了那兩人的對話，我也有該做的事。

只有我一人獲得幸福是不對的！

我將手機放進口袋裡，然後大搖大擺地走進圍繞在雛海身邊的男學生們之中。走到雛海面前後，我緊緊抓住她的手。

「咦？友里？突然怎麼了？」

雛海很驚訝，但我沒回答，而是向靠攏過來的男學生們說道：

「哎呀～大家真是抱歉～其實是老師叫我來把雛海帶過去，所以我借走她一下唷！」

這當然是假的，老師並沒有要找雛海。但這是用來突破重圍的最佳藉口，我不由得就這麼說了。

「那麼，雛海！我們走吧！」

「咦？啊，等一下，友里？」

儘管雛海感到不知所措，我依舊強行拉起她的手，將她帶走。

「啊，雛海同學！」

「等一下！」

「怎、怎麼會～不用現在就帶走她吧？」

後面傳來這些聲音，但我全都充耳不聞，一直線地跑起來。

抱歉，雛海，做出有點強硬的事。可是不這麼做的話，大概沒辦法從那裡逃出來。

跑到離男學生們相當遠的地方後，我停下腳步，靜靜地放開手。

來這裡應該就不會再追過來了，可以安心了吧。

「抱歉唷，雛海～硬是把妳帶出來。」

我一邊撓著後腦杓，臉上泛起苦笑。

原以為雛海會生氣，但實際上並沒有。

「不，沒關係。我也有點困擾，真是得救了，謝謝妳。」

看來反而幫了雛海一把。真幸運呢。

「那麼，老師找我做什麼呢？」

雛海用純真的眼神看我，我也坦然說道：

「哎呀～其實老師叫妳是騙人的啦～我有件事想拜託妳。」

「拜託我？」

「嗯……就、就是啊，涼好像沒有找到舞伴，等一下就要回家了。如果可以……雛海，希望妳能跟涼一起跳舞。」

「咦？我嗎？」

「嗯，我打算跟小古井一起跳，兩個同性也可以參加。要是妳還沒決定搭檔，也不排斥跟涼跳舞的話，妳就陪陪他吧。」

「可、可是友里妳對小涼……」

「不用管我啦。我確實喜歡他，但今天有很多事想跟小古井聊。而且在背後默默幫妳的人可是涼喔。像選拔接力賽跑和騎馬戰，他不是都幫了非常多忙嗎？所以呢，妳去跟涼跳舞吧，好嗎？」

或許也可以在這時候把涼的真實身分告訴雛海。這麼做的話，就會變成本人取代冒牌貨登場的超精彩發展了。

不過……雖然我不知道涼在顧忌什麼，但從那段對話來看，他打算隱瞞真實身分到底。

所以我不能不尊重涼的意思而把一切說出來。

我現在能做的，就是努力把這兩個人湊成一對去參加舞會。

涼在背地裡那麼努力，我不想讓他一無所獲地回家。

他保護了我的摯友，至少讓我報答一點恩情。

長大後回顧從前時，希望能聽到他說「高一的運動會真開心」。

這或許是擅自妄為的決定，但我就是想要涼過得開心。

我用認真的眼神，直勾勾地凝視雛海。

接著，雛海大概是明白我的心意，她揚起嘴角。

「這樣啊……嗯！我知道了！我會邀請他看看的！」

聽到這番話，又受到那張笑容的影響，我也高興地笑了笑。

「真不愧是雛海！涼應該在正門附近，妳快點過去吧！」

「謝謝妳！那我立刻過去！」

「好！涼就拜託妳啦！」

我向雛海豎起拇指，這或許成了信號，只見雛海就這樣轉身，朝正門跑過去。

而我在後面注視著雛海跑走的背影，看那背影愈來愈遠。

我現在能做的，只有這樣而已。

唉～好想跟涼跳舞啊～

不過，涼為了保護雛海而弄得筋疲力盡。他很努力。要是我在這時候搶走涼，感覺不太公平呢。

所以這次就讓給雛海。加油吧。

但今後可不會再退讓嘍。我也想要拚拚看嘛。

第二十話 邀請

啊～身體好痛～畢竟在選拔接力賽跑硬撐著奔跑，最後還狠狠倒下了啊～

感覺明天會肌肉痠痛到動彈不得。

我努力移動筋疲力竭的身體，往正門前進。

快累死了～不過總歸是得到了好的結果。

草柳的真面目曝光，雛海也發現了。

我該做的事情都已經做完，趕快回家吧……然後玩個音遊。

拖著沉重的步伐前進，逐漸看得到正門。

還是有零星幾個學生離開正門要回家，但兩隻手數得出來。

看來不參加舞會的學生只占極少數。

我真是可悲。明明等一下沒有事情卻要回家。

我只是沒有舞伴，也沒有受到邀請罷了。不過，這也沒辦法。我沒什麼朋友，雛海和友里又很受歡迎，應該早就已經找好舞伴了。

沒有我介入的空間。像我這種傢伙，還是早點回家比較好。

正當我如此心想，準備穿過正門時——

「啊！小、小涼！」

後面傳來呼喚我的聲音。我不由得停下腳步。

奇怪……這個聲音是……

我回頭一看……

就發現氣喘吁吁並流著汗的雛海站在那裡。

咦，雛海為什麼在這裡？

「妳怎麼了，雛海？這麼慌張。」

「咦？啊，那個……我、我找你有點事，所、所以就趕過來了……」

有什麼事要找我？

「虧妳知道我在這裡。那妳找我有什麼事？」

我這麼一問，雛海的臉瞬間泛紅，惴惴不安了起來。她捲著髮尾，不斷偷偷瞥著我。

她、她好像有話想說。咦，難道是我的真實身分被發現了嗎？

不不不！這不可能！

可是，這種氣氛是怎麼回事？

在雛海開始說話之前，我決定稍微等一下。

只見她嘴巴不斷一開一合，小小聲地這麼說了。

「那、那個……就、就是……希望你能跟我一起跳舞……」

「……咦？咦？妳剛才是說想跟我一起跳舞嗎？」

「嗯……」

雛海微微點了點頭。

什麼——？

咦？她邀請我去跳舞嗎？

這、這樣是可以的嗎？畢竟對方可是雛海耶！「千年一遇的美少女」耶！

「雛、雛海！妳真的要選我嗎？」

「嗯……嗯！我想跟你一起跳舞！不、不行嗎？」

雛海的眼眸這時候泛起水光，歪頭看我。

簡直像是賣不出去的可憐小狗一樣啊。被那對眼眸注視，實在無法拒絕……

「可、可是為什麼是我？妳應該有很多舞伴人選吧。」

「因、因為，發生了一些事，所以……我想跟你跳舞。友里和古古也會參加，我們一起去吧？」

聽到這番話，我的心被一箭射穿了。

咦，不會吧？這竟然不是夢啊！

雛海真的在邀請我啊！

不過，這是為什麼？

哎～搞不懂！完全搞不清楚原因！

但雛海是ＭＶＰ，她有指名權。

要是這時候拒絕，那就沒資格當男人了。而且還違反規則。

既然古井同學她們似乎也會參加，就來創造運動會最後的回憶吧。

跟大家一起創造。

「這樣啊，那就走吧。我的腳有點痛，不能做太激烈的動作，那就請多指教了，ＭＶＰ小姐。」

聽到我的回答，雛海彷彿太陽一般綻放耀眼光采，開心地笑了。

「嗯！好像差不多快開始了，走吧！」

雛海就這樣用力牽住我的手。

「那走吧。」

於是，我和雛海回到操場參加舞會了。

尾聲

在友里的推波助瀾下，我成功邀請小涼一起跳舞了。

回到操場後，後夜祭已經開始，我和小涼趕緊加入大家。

大家跟著節奏手牽手跳舞。我和小涼也融入人群中跳起舞來。

我是第一次跳舞，跳得不是很好，但還是跟小涼很有默契地跳著舞。

我輕輕握著小涼那令人安心的大手，雙腳交互移動。

「雛海，妳是第一次跳舞嗎？」

「呃，嗯，抱歉，我跳得不太好。小涼有經驗嗎？」

「國中時跳過。雖然是滿久以前的事，但身體好像還記得。」

「這樣呀，要是我也有至少一次的經驗就好了。大家都跳得好棒，讓我好慌張。」

「不用去看其他人啦。現在是我和妳在跳舞，不需要把其他人的事情放在心上。」

「也對，你說得沒錯。」

我們在這之後也繼續跳舞。小涼好像腳在痛，我們便放慢速度，以免造成負擔。

一邊跳舞，我一邊回想今天一整天發生的事。

到頭來，草柳同學是冒牌貨，並不是我的救命恩人。我只是被他的甜言蜜語給欺騙了。

在內心發生動搖之際，草柳同學的出現讓我的心情忍不住雀躍起來。

因為這樣，我才會後知後覺地想到重要的事情，一直被騙到今天。

我覺得自己很丟臉。真的很丟臉。

我這樣是不行的吧，太不像樣了。

今後是不是再也沒機會遇見當時的救命恩人了呢……

這份不安折磨著我的心。隨著天空染上陰暗的顏色，我的心情也逐漸消沉。空氣稍微變冷了一些，我的心也開始變冷。

這時，小涼察覺到我的變化。

「嗯？雛海妳怎麼了？表情很憂鬱。」

「咦？啊，沒有，我沒事。」

「……妳該不會還在介意自己被草柳那個冒牌貨欺騙的事吧？」

「呃，嗯。」

我只能承認。畢竟被騙是事實。

「我覺得自己有點丟臉。一時開心過頭，沒有發現自己被隨心所欲地利用了。」

草柳同學是壞人，打從一開始就打算騙我。但我渾然不知，還差點喜歡上他。

所以我有點害怕。說不定以後還會被誰欺騙，遭人利用。

正當我這麼想之際，小涼靜靜地放開原本牽著的手，然後放到我的頭上。

他就這樣向我揚起笑容。

「我懂妳的心情，但沒事的。」

小涼繼續說：

「我呢，並不是草柳那種帥哥，人緣也不好。不過在妳遇到困難時，至少可以陪在妳身邊，所以別瞎操心了。妳在網路上非常有名，今後可能也會出現奇怪的傢伙，但我會想辦法解決的。」

「小涼……」

聽到這番話的瞬間——

我的心突然變暖了。胸口深處似乎被某種溫暖的東西包覆起來。

每次都是這樣。每次回過頭，小涼都會在我旁邊。

遭到流氓襲擊時也是，隔宿露營也是，運動會也是。當我遇到困難，需要幫助時，他總是待在我身旁。

察覺到這一點，我便忍不住想哭。

但不行，不可以哭。

我必須堅強地活下去。

不能再被欺騙，要堅定自己的心意——喜歡小涼的心意，並且筆直地往前走下去，不然我會沒辦法認真地喜歡小涼。

若是將來有機會與救命恩人重逢，我想要告訴他：謝謝你救了我一命，我才能過著快樂的生活。

「謝謝你，小涼。我也得堅強一點才行，否則會一直給你添麻煩，或是又被誰欺騙。」

「是啊，妳一定能變得更堅強的，我會為妳加油。如果妳的戀情也很順利就好了。」

「嗯！」

我和小涼帶著笑容注視著彼此一會兒。

我打起精神來了。幸好有鼓起勇氣邀請小涼。

友里和小涼彷彿命中註定似的再次相見。

知道這件事時，我覺得自己不該介入他們之間。

但是，我還是喜歡小涼。非常喜歡他。

我絕對不要蒙蔽這股心意。

不管今後發生什麼事，不管誰又打算欺騙、利用我。

我……

還是想要喜歡著小涼。

比任何人都還要喜歡他。

從今往後，一直都是。

我再次牽起小涼的手，然後——

繼續未完的舞步。

後記

大家好！各位讀者好久不見！我是作者水戸前カルヤ！
真的很感謝大家購買第二集。
我非常高興第二集能夠發售！
不過，在第二集像這樣完成之前，我經歷了重重考驗（笑）。
為了讓就職活動和寫作能夠同時進行，我從去年九月～十月就在KAKUYOMU撰寫第二集的內容。
總字數約莫五萬字！
我本來以為寫了這麼多字，應該就能順利兼顧就職活動。
但～是！
等到正式確定要製作第二集，我和責編討論過後……
預先寫好的五萬字原稿全部都作廢啦啊啊啊啊啊！
故事本身沒有改變，但有好幾個細節要更動，結果就沒辦法採用了。

儘管如此，寫作是我的工作。我重振心情，從零開始撰寫新的內容。

但～～～是！

這時候又出現了考驗。

截稿前四天，我不小心罹患流感了啊啊啊啊啊！

到底為什麼會感染啊（笑）？

不僅如此！

在我罹患流感的三天後，就是第一志願企業的求職申請表投遞截止日！

嗚哇啊啊啊啊～這下慘了。我只有這種感覺。

罹患流感之後，遭到寒意、鼻水和咳嗽侵襲的同時，我拚命地撰寫原稿及第一志願企業的求職申請表，直到凌晨四點為止。

當時的我真的很努力啊。總算是撐過去了！很了不起！

就是這樣，縱使罹患流感，我依然盡力完成了。

結果考驗又降臨了！

哎呀，簡直要搞不懂到底是第幾次了。

第一志願企業的求職申請表努力寫完後，雖然很幸運地通過了，但沒想到第一次面試就必須發表簡報。

簡報耶！而且題目的難度還很高！
要用一頁來做這個題目啊……這樣的絕望感席捲而來（笑）。
此外，其他企業的甄選和寫作也是同時進行，相當緊繃。
不過，幸好獲得了支援就活的人士協助，埋頭努力製作資料，順利通過第一次面試了。
到這裡終於可以暫時歇口氣。
結果其他公司（娛樂類企業）陸陸續續地開放受理求職申請表。
娛樂產業是很受青睞的業界，懷抱嚮往的就活生多不勝數（我也是其中一人）。
非常多企業都規定求職申請表必須手寫。
真的是費了一番苦功。我只記得自己從早上一直忙到晚上。
現在回想起來，從去年十一月到今年三月為止，我跟朋友出去玩的次數才兩次而已……
耶誕節同樣不斷忙著手頭事務……
這也是輕小說作家兼大學生的命運吧（笑）。
我經歷了一連串的考驗，都搞不清楚到底有幾個了。
但還是設法振作起來，拚命地完成第二集。
各位讀者，你們覺得本集怎麼樣呢？
以個人而言，說服雛海跟涼一起跳舞的友里深深打動了我的心。原來作者自己也會因為筆下角色的行為而受到感動呢。

此外，我覺得在浴室跟涼講電話的古井同學也描寫得相當有趣。

重讀時，嘴角還會莫名地上揚（笑）。

每個人感到有趣的地方應該都不一樣，我在撰寫本集時，也致力於盡量讓更多讀者享受到樂趣。

如果確定製作第三集，水戸前カルヤ會繼續加油，全力以赴。

今後也請大家多多關注涼和雛海等人的青春！

再來是ひげ猫老師。

非常感謝您這次也繪製了精美的插畫。

ひげ猫老師畫的雛海真的很可愛，簡直太棒了！

今後也請多多指教！

©Matsuura, keepout 2022 / KADOKAWA CORPORATION

轉生後的我成了英雄爸爸和精靈媽媽的女兒 1~9（完）

Kadokawa Fantastic Novels

作者：松浦　插畫：keepout

「要幸福喔，艾倫。」
超人氣系列作，堂堂完結！

儘管我和成了半精靈的賈迪爾順利訂下婚約，爸爸卻超、反、對！他使出各種手段想陷害賈迪爾。就連雙女神看到爸爸這樣都很傻眼。在這樣的情況下，我又要去向賈迪爾的家人打招呼，又要教他怎麼使用力量，忙碌得不得了。接著，結婚典禮到來——

各 **NT$200~240/HK$67~80**

©Kyosuke Kamishiro, TakayaKi 2023 / KADOKAWA CORPORATION

繼母的拖油瓶是我的前女友 1~10 待續

Kadokawa Fantastic Novels

作者：紙城境介　插畫：たかやKi

「我想……再獨占你一下下，好不好？」
復合的兩人展開同住一個屋簷下的全新日常！

再次成為情侶的結女與水斗談起了祕密戀愛，同時卻也對這種無法跨越「一家人」界線的環境感到焦急難耐。沒想到雙親決定在結婚紀念日來個遲來的蜜月旅行……但主動開口不就是輸了？帶著羞怯與自尊，這場毅力之戰會是誰輸誰贏？

各 **NT$220~270/HK$73~90**

國家圖書館出版品預行編目資料

在地鐵拯救美少女後默默離去的我,成了舉國知名的英雄。/水戸前カルヤ作；Linca譯. -- 初版. -- 臺北市：臺灣角川股份有限公司, 2024.01-
冊； 公分
譯自：地下鉄で美少女を守った俺、名乗らず去ったら全国で英雄扱いされました。
ISBN 978-626-378-411-6(第2冊：平裝)

861.57 112019544

Kadokawa
Fantastic
Novels

在地鐵拯救美少女後默默離去的我，成了舉國知名的英雄。 2

（原著名：地下鉄で美少女を守った俺、名乗らず去ったら全国で英雄扱いされました。2）

2024年2月19日　初版第1刷發行

作　　者：水戸前カルヤ
插　　畫：ひげ猫
譯　　者：Linca

發 行 人：台灣角川股份有限公司
總　　監：呂慧君
總 編 輯：蔡佩芬
主　　編：林秀儒
編　　輯：邱瓈萱
設計指導：陳晞叡
美術設計：宋芳茹
印　　務：李明修（主任）、張加恩（主任）、張凱棋

發 行 所：台灣角川股份有限公司
地　　址：104台北市中山區松江路223號3樓
電　　話：（02）2515-3000
傳　　真：（02）2515-0033
網　　址：www.kadokawa.com.tw
劃撥帳戶：台灣角川股份有限公司
劃撥帳號：19487412
法律顧問：有澤法律事務所
製　　版：巨茂科技印刷有限公司
ＩＳＢＮ：978-626-378-411-6

※版權所有，未經許可，不許轉載。
※本書如有破損、裝訂錯誤，請持購買憑證回原購買處或連同憑證寄回出版社更換。

CHIKATETSU DE BISHOJO O MAMOTTA ORE,
NANORAZU SATTARA ZENKOKU DE EIYU ATSUKAI SAREMASHITA. Vol.2
©Karuya Mitomae, Higeneko 2023
First published in Japan in 2023 by KADOKAWA CORPORATION, Tokyo.
Complex Chinese translation rights arranged with KADOKAWA CORPORATION, Tokyo.